Auf den Weg ins Land der Hoffnung

Melina B. Hilger

Auf den Weg ins Land der Hoffnung

Tod – Leben und Dazwischen

Geschichten zum Thema Tod

Impressum

Bibliografische Informationen der Deutschen Nationalbibliothek:
Die Deutsche Nationalbibliothek verzeichnet diese
Publikation in der deutschen Nationalbiografie; detaillierte
bibliografische Daten sind im Internet über:
http://dnb.dnb.de abrufbar.

© 2015 **Melina B.Hilger**

www.hilger-geschichten.jimdo.com
Foto auf der Umschlagseite:

Titelbild: dorisalb, „Rose im Wasserbad",
CC-Lizenz (BY 2.0)
http://creativecommons.org/licenses/by/2.0/de/deed.de

Alle Bilder stammen Bilddatenbank: www.piqs.de

Herstellung und Verlag: BoD – Books on
Demand, Norderstedt
ISBN: 978-3-7392-06684

Inhalt

Vorwort

Im „Kleinen Prinzen" von Antoine de Saint Exupery steckt soviel unvergängliche Weisheit. Ich will hier auch das Buch mit dem Titel: „Der kleine Prinz kehrt zurück" bemühen:
Ein Auszug davon:
„Er ist gestorben", erklärte sie nach einer Weile (am Grab stehend), als ob sie seine Unkenntnis über das Leben und das Sterben spürte. „Er ist tot, er lebt nicht mehr."
„Ja", sagte der Prinz, „das versteh ich sehr gut. Ich sehe hier in eurer Welt so viele Menschen, in denen kein Leben ist, kein Mitgefühl, keine Freude, keine Liebe, keine Hoffnung. Es ist sehr traurig. Wenn ein guter Freund das Leben noch nicht gefunden hat."
„Oh doch", sagte sie, „Oh ja, das Leben hat er gefunden. Er war so voller Liebe, voller Freude, voller Mitgefühl, voller Hoffnung. Er war so lebendig, so sehr!"
„Hm", sagte der Ewig Kleine Prinz, „das verstehe ich nicht. Ich las in einem eurer alten Bücher der Weisheit:
Wer das Leben findet, mitten im Leben, kann nicht sterben und ob er gleich stürbe; denn er ist längst vom Tod zum Leben hindurch gedrungen."
Am Ende dieses Dialoges des Kleinen Prinzen

und der trauernden Frau versteht er dann und da steht:

„Jetzt verstehe ich", dachte er. „Jetzt verstehe ich es ganz: Leben wird, wer mitten im Leben das Leben findet. Er kann nicht sterben, denn er hat den Tod besiegt, mitten im Leben."

Dieser Ausschnitt hat mich sehr berührt, denn sagt er nicht aus, dass wir den Tod gar nicht wirklich sterben können, wenn wir nur richtig gelebt haben?

Das Leben vor dem Tod verlangt uns wahrhaft sehr viel ab und wenngleich der Tod immer neben uns ist, so lehrt er uns doch das Leben, wie es uns gelingt, das Beste daraus zu machen.

Meiner Meinung nach geht es auch beim Thema Tod immer um das Leben und die Liebe, die Liebe zum Leben, zu Menschen, denen wir verbunden sind, über den Tod hinaus.

Ich glaube und denke, dass der Tod nichts Furchterregendes sein muss, vorausgesetzt es ist uns gelungen, ein „reiches" und volles Leben zu leben und unseren Lebensauftrag zu erfüllen.

Aber welcher ist das nun?

Die Suche nach diesem kann ein Leben lang andauern, aber ich denke es lohnt sich, auf diese Suche zu gehen.

Fideline

Fideline war noch jung, sie hatte große Sehnsucht danach, dass sich ihr Leben bald ändert. Lange schon hielt sie Ausschau nach dem Prinzen, der sie in das Reich der Liebe entführen würde und in eine vollkommenere Welt. Sie hatte viele Wünsche. Nur wenn sie in ihrer Traumwelt lebte, war sie glücklich. So wollte sie nicht enden, wie all die anderen Menschen um sie herum, die täglich ihren Pflichten nachkamen, ständig über andere schimpften und alles verurteilten, was sie taten. Sie hatte ein gutes Herz und sie empfand die Welt außerhalb ihrer Wohnung und der ihres Arbeitsplatzes, einfach zu laut und zu hart.

Ihren Job in einer Friedhofsgärtnerei liebte sie. Während sie die Gräber pflegte und Blumen pflanzte, sah sie sich genau die Inschriften auf den Grabsteinen an. Manchmal war darauf sogar ein Bild von der jeweils verstorbenen Person zu sehen. Dann tauchte sie ein, inspiriert von den eingravierten Jahreszahlen und den gesamten Daten, in dieses erloschene Menschenleben und versuchte deren Leben zu erspüren. Es ging wie von selbst, dass ihr plötzlich Fragen in den Sinn kamen, wie dieser Mensch wohl war, was sein Dasein vielleicht bewirkt hatte oder woraus sein Leben gewebt war. Sie erfühlte bei fast allen

Begrabenen, viel Tragik, Dramen, Schmerz und Leid. Bei manchen auch das zähe Durchhalten um jeden Preis.

Viele Grabmale trugen Inschriften wie: „Sie fand nach langem Kampf endlich Frieden.", „In verdientem Frieden.", „Der Tod war die Erlösung.", „Nach langem, mühsamen Erdenweg.", „Gute Reise ins Licht."... Wobei sie hier immer vermutete, dass die Flucht aus dem Dunkel gemeint war. Fideline spürte sehr fein aus den Aufschriften heraus, wie das Leben der Verstorbenen gewesen war. Sie war voll des Mitgefühls für diese Toten, die sich durch ihr Leben gequält hatten, unter Bedingungen, die sie selbst nie ertragen könnte. Nein, so etwas wollte sie auf keinen Fall. Was sollte wohl einmal auf ihrem Grabstein stehen?

Manchmal, aber sehr selten, durfte sie auch ein Grab pflegen, dessen Aufschrift etwas Anderes erzählte. Meist wurden diese Gräber nicht von der Friedhofsgärtnerei betreut, sondern von einer liebenden, noch lebenden Seele gepflegt. Sie sah auch öfter Menschen an solchen Ruhestätten, die dies mit traurigen Mienen oder unter Tränen taten. Wenn sie dann diese Inschriften forschend betrachtete, waren es meist kürzlich Verstorbene und die Erinnerung an sie offensichtlich noch frisch. Aber vereinzelt gab es auch Gräber, die oft besucht wurden obwohl der Tod schon lange her war.

An einem Freitag arbeitete Fideline an einer Grabstätte, die in unmittelbarer Nähe zu einem der Urnengräber lag und hörte, verdeckt von einem Monument, eine weibliche Stimme. Offensichtlich sprach sie laut mit der dort begrabenen Person. Sie hörte: „Mein Liebes, so lange komme ich schon hierher und mein Kummer ist noch genauso groß wie am ersten Tag. Aber bald werde ich dich endlich wiedersehen und ich freue mich schon so sehr auf dieses Treffen. Meine Krankheit ist nun schon in einem fortgeschrittenen Stadium. Mein Körper ist voll von Metastasen. Es wird nicht mehr lange dauern, dann kann ich nicht mehr hierher kommen und dein Grab pflegen. Es ist keiner mehr da, der es pflegen wird. Ich habe manchmal große Schmerzen und muss vielleicht das Bett hüten. Bitte verzeih mir, dass ich es dann nicht mehr pflegen kann. Die Laufzeit dieses Platzes beträgt noch weitere fünf Jahre und ich hoffe sehr, dass sich eine mitleidige Seele kümmern wird, damit es keinen Schatten der Schande auf mich wirft. Aber dann bin ich längst bei dir und es wird uns gleichgültig sein, wie dein Grab aussieht. Meine Rente war zu klein, um mit Dir im Grab sein zu können. Mir bleibt nur die Beerdigung, die die Stadt nach meinem Tode vereinbaren wird und da hat man keine Chance, sich Bedingungen zu erbitten. Dieser Ort hier hat mich so viele Jahre in meiner Trauer begleitet. Es hat mich am Leben gehalten, dass ich so oft hierher kommen und mit dir reden konnte. Ich danke dir! Für heute muss ich dich verlassen, es ist schon spät und ich brauche lange für den Rückweg. Bis dann meine Liebste".

Fideline hatte alles gehört. Sie hatte ihre Schaufel ruhen lassen und gebannt gelauscht. Jetzt lugte sie vorsichtig hinter dem großen Stein hervor. Sie sah ein uraltes Weiblein, das sich ächzend aus der Kniehaltung erhob und sich auf einem Stock gestützt über den Kiesweg in Richtung Ausgang bewegte. Fideline fühlte sich so, als hätte sie eine schlimme Tat begangen. Sie hatte ein intimes Gespräch belauscht und fühlte sich nicht gut. So bezwang sie ihre Neugier, nachträglich zu dem Grab zu gehen, um zu sehen, um wen es sich da gehandelt hatte. Nein, sie war ohnehin im Verzug und musste ihre Arbeit zu Ende bringen. Sie dachte an diesem Abend noch sehr lange über das belauschte Gespräch nach.

Zwei Tage später, als sie wieder über die Reihen ging, um eines der Gräber auf der langen Liste zu bearbeiten, kam ihr diese Unterhaltung vom Freitag wieder in den Sinn. Diesmal konnte sie ihre Neugierde nicht zähmen und suchte das entsprechende Grab. Als sie davor stand war sie erstaunt. Es stand darauf zu lesen: Meine geliebte Tochter Marina, die für immer in meinem Herzen wohnt, darunter stand das Datum des Sterbetages, 29. April 1944. Und darüber stand in einer leuchtenden Schrift der Satz: „Wir nehmen alles an, was Gott uns aufgetragen hat!" eingemeißelt.

Wow, war ihr erster Gedanke, darüber musste sie noch nachdenken. Aber wieso war nur das Sterbedatum darauf und kein Geburtsdatum eingraviert? Der Grabstein war moosfrei und selbst das kleine Marmor-Vögelchen, das mit geöffneten Schnabel obenauf saß (als sänge es aus Leibeskräften) leuchtete hell und sauber im Sonnenlicht. Das Grab selbst war klein und mit wunderschönen Vergissmeinnicht um einen kleinen gelben Rosenstock bepflanzt. Es war kein einziges welkes Blatt und nicht ein Hälmchen Unkraut darauf zu sehen. Auch die steinerne Einfassung war sauber und reinweiß.

Sinnierend ging Fideline an ihre Arbeit. Es gab heute viel nachzudenken. Wieso hatte der Grabstein nach so vielen Jahren kein Geburtsdatum? Konnte es sein, dass in den Kriegswirren der Geburtstag verloren gegangen war? Die Frau musste so um die 80 Jahre alt sein. Sie war sicher sehr jung als ihr Kind starb. Was gab es noch für Gründe, dass man das Geburtsdatum nicht wusste oder nicht wissen sollte? Während dem Krieg war vieles möglich, es war ihr nicht möglich, da mehr zu erforschen. Lange dachte sie auch über den bemerkenswerten Satz nach: Wir nehmen alles an, was Gott uns aufgetragen hat. Diese alte Frau beeindruckte sie sehr und sie wollte so gerne mehr darüber erfahren. Vielleicht würde sie nicht wiederkommen, wenn ihre Schmerzen sie daran hinderten. Fideline achtete die nächste Zeit sehr darauf, ob sie doch noch einmal kam. Vielleicht hatte sie dann den Mut, diese Frau anzusprechen.

Zwei Wochen später, Fideline hatte den ganzen Vorfall schon fast vergessen, da sah sie sie wieder. Es durchzuckte sie schmerzhaft, als sie sah, wie die kleine Frau, völlig in Schwarz gekleidet, gebückt und mühsam den Weg entlang humpelte. Fideline nahm sich ein Herz, ging freundlich lächelnd auf sie zu. Sie grüßte und fragte, ob sie helfen könnte. Dankbar strahlte die Grabgängerin sie an und meinte: „Wenn Sie mich unterhaken ließen, ginge es leichter." „Aber gern doch", antwortete Fideline und begleitete sie zu ihrem Grab. Die Frau bedankte sich und sah sie forschend an: „Woher wissen Sie zu welchem Grab ich will?" „Oh", meinte Fideline erschrocken und schlagfertig zugleich, „ich habe Sie hier schon öfter gesehen und ich arbeite hier!" Das schien der alten Dame zu genügen. Dann entwickelte sich ein angeregtes Gespräch und Fideline bat die gebrechliche Dame einen Augenblick zu warten. Sie kam geschwind mit einem Klappstuhl wieder, auf den sich die Frau erleichtert niederließ. Nun erfuhr Fideline die ganze Geschichte:

Die Tochter, die 1944, am 29. April gestorben war, hatte deshalb kein Geburtsdatum, weil sie durch eine Frühgeburt, während eines Bombenangriffs, starb. Es passierte im sechsten Schwangerschaftsmonat. Die Frau meinte, dass ihre Tochter Marina wohl nicht unter diesen Umständen geboren werden wollte. Es waren wirklich schreckliche Zeiten. Später erfuhr sie dann, dass auch ihr Mann an diesem Tag auf dem Schlachtfeld in Russland sein Leben verloren hatte. Das Kind und ihr lieber Mann, den sie zuletzt bei einem Heimaturlaub, sechs Monate zuvor, das letzte Mal gesehen hatte, waren wohl zusammen hinübergegangen. Sie hatte den kleinen toten Körper heimlich auf einem Waldstück in der Nähe begraben. Als der Krieg dann vorbei war, bat sie einen Freund ihres

Mannes, die sterblichen Überreste wieder auszugraben, um sie am Friedhof bestatten zu lassen. Der damals mitleidige Priester hatte ihr das, nach langen Diskussionen, endlich zugestanden. Beinahe hätte er es nicht erlaubt, es wäre gegen die katholischen Gesetze, ein ungetauftes Kind auf dem Friedhof zu beerdigen. Aber er ließ es schließlich zu. Dann erzählte die alte Dame Fideline von ihrer Krankheit und wie sehr es sie betrübte, dass sie bald nicht mehr kommen könne. Fideline ergriff die Gelegenheit und bot sich an, das Grab die restlich verbleibende Zeit zu pflegen. Die alte Frau umarmte sie überglücklich und es liefen ihr Tränen der Freude über das Gesicht. Bevor sie sich trennten, erfragte Fideline noch die Adresse von der Frau und versprach, sie auch zu besuchen.Eine Woche später schaute Fideline dort vorbei. Mit Mühe fand sie im Hinterhof eine verblichene Klingelaufschrift. Sie läutete mehrmals und dachte, dass es etwas länger dauern würde, ehe sie sich zur Türe gequält hätte. Aber alles Läuten blieb erfolglos und sie vermutete schon mit Schrecken, dass die Dame wohl plötzlich verstorben wäre. Dann ging hinter ihr eine andere Türe auf und ein Mann in den Siebzigern sprach sie an: „Wollen Sie zu Frau Pilser?" „Ja", antwortete Fideline, froh, dass da jemand war, der vielleicht mehr wusste. „Die ist im Krankenhaus, es ging ihr nicht gut, man hat sie mit einem Krankenwagen abgeholt. Warten Sie, ich hole die Adresse und sage Ihnen, wo sie liegt." Nach einer langen Weile kam der Mann wieder und gab ihr einen Zettel. Fideline bedankte sich und verließ den Hinterhof. Sie war wie betäubt. Im Krankenhaus also, vielleicht war sie schon tot, die arme Frau. Sie blickte auf den Zettel und las „Haus Lichtblick", Hospiz, Glaubensstraße 12. Man hatte sie also in ein Hospiz gebracht. Das war gut, dort würde sie versorgt werden. Ob man sie wohl besuchen konnte? Sie hatte noch nie mit einem Todkranken zu tun gehabt, da war ihr ein wenig mulmig zumute. Sie nahm all ihren Mut zusammen und fuhr noch am selben Tag in die Glaubensstraße.

Als sie vor dem freundlich aussehenden Barockgebäude stand, musste sie sich gut zureden: „Komm sei kein Hase. Was kann schon passieren. Schlimmstenfalls ist sie tot. Du hast es ihr versprochen." Nach einiger Zeit des Hin- und Hergehens trat sie durch die dunkle Holztüre und wandte sich an die Pforte, in der eine freundliche ältere Frau saß. Diese verriet ihr die entsprechende Zimmernummer. Mit klammen Gefühl im Magen ging Fideline den Flur entlang und erreichte die Nummer 7. Sie klopfte, hörte aber keine Antwort. Sollte sie trotzdem hinein gehen? Hinter ihr kam gerade eine Schwester und sagte: „Gehen Sie nur hinein, sie wird sich sicherlich freuen. Sind Sie die junge Frau vom Friedhof? Sie hat mir von Ihnen erzählt, wie liebenswürdig Sie waren." Dann beugte sie sich vor und flüsterte: „Sie hat ja sonst niemanden mehr." Fideline öffnete leise die Türe und sah eine Frau im Bett liegen. Sie sah sich suchend um, es gab noch ein zweites Bett im Zimmer, aber es war unberührt. Es musste also die Gesuchte sein. Frau Pilser lag sehr blass und mit eingefallenen Wangen und geschlossenen Augen auf dem erhöhten Kissen. Als Fideline sich näherte, öffnete sie die Augen und lächelte sie an: „Ich habe schon auf Sie gewartet. Ich wusste, dass Sie kommen würden, mein Engelchen." Fideline lief es kalt den Rücken herunter. Noch nie hatte sie jemand Engelchen genannt. Ob die Frau noch richtig bei sich war? „Nehmen Sie sich den Stuhl dort und kommen Sie ganz nah, ich kann nicht mehr so gut hören und auch meine Stimme hat nicht mehr soviel Kraft."

Als Fideline, so nah es ging, an ihrem Bett saß, griff die knochige Hand suchend nach ihr. Fideline ergriff sie zaghaft und versuchte ein Gespräch in Gang zu bringen: „Ich habe nach

18

Ihrem Grab geschaut, es ist wunderbar in Ordnung, die Vergissmeinnicht blühen noch und die Rosen haben wieder neue Knospen bekommen. Ich gieße an heißen Tagen sogar zweimal." „Danke, wie heißen Sie eigentlich?" „Ich heiße Fideline", beantwortete sie die Frage, „wie geht es Ihnen?" Die alte Dame schüttelte den Kopf: „Wie es den Sterbenden halt so geht. Jedenfalls habe ich keine Schmerzen und alle sind hier sehr lieb. Ich habe es gut getroffen. Der Herrgott meint es gut mit mir in meiner letzten Zeit und hat das Wunder vollbracht, dass hier gerade ein Platz für mich frei war. Wissen Sie, hierher zu kommen ist wirklich ein Geschenk. Es gibt zu wenig Plätze zum guten Sterben. Die meisten, denen es so wie mir geht, sterben im Krankenhaus. Aber wie geht es Ihnen mein Kind?" Fideline ging nicht darauf ein und begann von ihrer Arbeit am Friedhof zu erzählen. Was sie da immer so erlebte, wenn sie die Namen und Daten der Gräber betrachtete. Die alte Frau hörte ihr konzentriert zu und meinte dann: „Ja, was haben Sie denn so gedacht, als Sie den Grabstein meiner Tochter das erste Mal gesehen haben?"

Fideline erzählte ihr, was ihr damals durch den Kopf gegangen war und dass sie sich viele Gedanken über den Satz gemacht hatte: Wir nehmen alles an, was Gott uns aufgetragen hat. „Ja", meinte die Frau, „dieser Satz hat mich viele Jahre gekostet, ich habe lange gehadert mit meinem Schicksal. Ich habe meinen Mann so sehr geliebt und ich war untröstlich, als ich ihn verloren hatte. Auch mit Gott habe ich gescholten, weil er mir auch noch das Letzte, was mir in meinem Leben wirklich wichtig war, genommen hatte, meine Tochter Marina. Wir hatten uns in Briefen bereits für diesen Namen entschieden. Wir waren so erwartungsvoll und voller Freude. Wir waren sicher, dass es ein Mädchen werden würde und so war es dann auch.

In jener Bombennacht ist die eine Seite von meinem Herzen gestorben und als ich einundeinhalbes Jahr später von einem Rückkehrer aus Russland erfuhr, der mit meinem Mann Seite an Seite gekämpft hatte, dass er am selben Tag und beinahe zur gleichen Stunde (in der Dämmerung) durch einen Schuss in den Kopf starb, da starb die andere Hälfte meines Herzens. Viele Jahre lief ich wie ein Automat durch das Leben. Ich tat viele Dinge, nur weil sie getan werden mussten. Ich fühlte nichts mehr. Ich war wie ausgelöscht. Keinem anderen Mann wollte ich mehr mein Herz schenken, denn ich hatte ja keines mehr. Und so kam es, dass ich viele, viele Jahre alleine lebte. 22 Jahre nach dem Tod meiner Lieben, hatte ich ein Erlebnis, das mich veränderte. Ich war wieder einmal in der Kirche und ich muss gestehen, dort bin ich immer hingegangen, um Gott zu beschimpfen und anzuklagen. Es erleichterte mich irgendwie. Da hörte mich der Pfarrer, er war im Beichtstuhl gesessen und wartete auf die Sünder. So hatte er meine Tiraden und meine Anklagen gehört. Er war ganz leise von hinten heran gekommen, setzte sich neben mich und fing laut an zu beten.

Und es war seltsam. Als er so betete, da tat plötzlich mein Herz so weh. Wirklich Mädchen, ich schwöre es, mein physisches Herz tat so weh, als wollte es zerspringen. Es trieb mir der Schmerz die Tränen aus den Augen und ich fing so schrecklich laut an zu schluchzen, dass ich dachte, die schönen Glasfenster würden gleich zerbersten. Ich weinte und schluchzte endlos. Die ganze Zeit blieb der junge Priester, er war nicht viel älter als 30 Jahre, bei mir, hielt mein Schmerz aus und betete unendlich viele Gebete. Manche Worte in diesen Gebeten trafen mich so tief, dass sich mein Schluchzen so verstärkte, dass es schon einem Schrei glich. Ich glaube es waren Stunden, die so vergingen. Allmählich hatte ich keine Tränen mehr und keine Kraft mehr zu schluchzen. Nun blieben der Priester und ich noch eine lange Zeit ganz still sitzen. Er hatte aufgehört zu beten und sagte dann: „Liebe Frau, ich hoffe es geht Ihnen jetzt ein wenig besser. Ihr Schmerz ist tief in mich hineingegangen. Ich habe versucht, meinen und ihren Schmerz wegzubeten. Ich hoffe es ist mir ein wenig gelungen. Ich möchte Sie jetzt auf der Stelle zu mir ins Pfarrhaus einladen. Ich hatte nämlich während des Betens eine Eingebung und ich möchte Sie gerne etwas fragen und es würde mich sehr freuen, wenn Sie ja sagten." Ich war wie betäubt und ich nickte. Wir verließen die Kirche und gingen in das Wohnzimmer des Pfarrers. Dort brachte uns eine stämmige Pfarrhaushälterin einen heißen Tee und nach einer Weile eröffnete mir der Pfarrer seine Eingebung.

Er begann bei der ersten Tasse Tee zu sprechen: „Liebe Frau, bitte denken Sie nicht, dass ich für das Gebet von Ihnen eine Verpflichtung erwarte. Sie sind ganz frei, sich zu entscheiden. Aber ich bin sehr in Not. Da gibt es eine Frau in meiner Gemeinde. Sie hat drei noch sehr kleine Kinder und ist allein. Ihr Mann hat sie verlassen, und sie weiß nicht mehr ein noch aus. Wären Sie vielleicht bereit, bei dieser Frau vorbeizuschauen und sie zu besuchen? Vielleicht können Sie ihr irgendwie helfen?"

Kindchen", erzählte die alte Frau im Bett weiter, „ich sag Ihnen, das war wirklich komisch. Da fragte mich jemand, wo ich doch selber kaum noch Kraft hatte, ob ich jemanden anderen helfen könnte. Glauben Sie mir, ich dachte allen Ernstes, dass dieser Pfarrer den Verstand verloren hätte. Ich antwortete ihm zuerst gar nicht. Aber er war ein weiser junger Mann. Er sprach weiter, als wüsste er, was in meinem Kopf vorging. „Frau Pilser, ich weiß, Sie können sich das jetzt gar nicht vorstellen, dass Sie soviel Energie aufbringen könnten. Aber ich verlange nicht, dass Sie dort alle Verantwortung übernehmen. Nein, Gott bewahre. Aber als ich Ihnen von meinem Beichtstuhl aus zuhörte, da spürte ich so deutlich, wie viel Kraft Sie wirklich haben. Nachdem Sie Ihr schweres Schicksal, mit all dem Schmerz, überstanden haben, bin ich davon überzeugt, dass Sie dieser jungen Mutter beistehen können. Besonders durch Ihre Lebenserfahrung, der Stärke und all dem Durchhaltevermögen. Genau das ist es nämlich, was diese Frau jetzt braucht. Jemanden, der ihr Mut macht und ihr zeigt, dass man all das überstehen kann. Diese Mutter von drei Kindern, trägt sich mit dem Gedanken, sich das Leben zu nehmen und was soll dann aus den Kindern werden? Sie ist erst seit einem Jahr in meiner

Pfarrei und hat zu niemanden Kontakt. Wenn Sie mit ihr sprechen könnten, wäre schon viel erreicht. Ich bin ganz sicher, dass Sie den Zugang zu ihr finden."

Na, was denken Sie Engelchen, was ich getan habe? Ich bin tatsächlich am nächsten Tag dort hingegangen und es war wirklich ein Elend. Die Mutter öffnete mir ganz verschlafen die Türe und das am helllichten Tage. Die Wohnung war ein einziger Müllhaufen und die Kleinen liefen mit fleckigen Kleidern oder halbnackt durch die Räume. Ich erzählte ihr, dass ich vom Pfarrer käme, der gesehen hätte, wie schwer sie es habe. Ich fragte sie, ob sie einverstanden wäre, dass wir zusammen ein Tässchen Tee trinken und ein wenig miteinander reden. Kaum hatte ich das ausgesprochen, liefen der Frau die Tränen aus den Augen. Die beiden Kleinen, ungefähr eineinhalb und drei Jahren, klammerten sich an die Mutter, die sich inzwischen die Hände vor das Gesicht hielt, wie sie da so auf der Couch saß.

Ein etwa sechsjähriges Mädchen stand abseits mit großen traurigen Augen und sagte kein Wort. Ich fragte sie, wie sie hieße, bekam aber keine Antwort. Ich fühlte mich völlig hilflos und war ganz erstarrt. Ich schimpfte mich selbst innerlich. Wie konnte ich so eine dumme Idee aufgreifen und denken, dass ich hier fähig wäre, auch nur einen Krümel Hoffnung zu bringen. Ich wollte aufstehen und mich entschuldigen, irgendeine Floskel sagen, wie leid es mir täte, ich wollte nicht stören'. Fluchtartig wollte ich wirklich diese dunkle Wohnung verlassen, als ich eine sanfte Hand auf meinem Knie spürte. Ich blickte auf und sah in diese traurigen Augen der Kleinen, die gerade mit leiser Stimme, fast flüsternd, sagte: „Komm, ich zeig Dir, wo der Tee ist." Trotz all der Traurigkeit in ihren Augen, sah ich doch darin auch einen Funken Hoffnung und da wusste ich, dass ich nicht einfach so gehen konnte. Die Kleine, die Bernie genannt wurde, eine Verkürzung des schönen Namens Bernadette, zog mich an der Hand und zeigte mir in einer unglaublich verschmutzten Küche, wo der Tee stand. Ich kochte Kamillentee, es war der einzige im Hause. So konnten wir alle zusammen Tee trinken. Bernie und ich räumten im Wohnzimmer den Tisch ab und deckten ihn gemeinsam für alle. Sogar die dreijährige Christel bekam eine Tasse. Darauf war sie ganz stolz.

Nur der kleine Jörg erhielt seinen Tee, abgekühlt in die Flasche mit Sauger. Bernie saß ganz nah bei mir und schmiegte sich ein wenig scheu an mich. Die Mutter saß immer noch mit den Händen vor dem Gesicht, zusammengesunken auf der Couch. Bernie sprach jetzt wie ein Wasserfall und erzählte mir, dass sie in die Vorschule ginge und im Herbst eingeschult würde. Sie konnte schon ihren Namen schreiben und holte alle ihre gemalten und geschriebenen Blätter hervor, um sie stolz zu zeigen. Christel hatte sich von der Mutter gelöst und trank ganz aufrecht und stolz, wie eine Große, aus ihrer Teetasse. Nur Jörg beäugte mich misstrauisch und klammerte sich gleichzeitig an Mutter und Flasche. Nach einer Stunde stand ich dann auf, spülte die Berge von eingetrocknetem Geschirr, während mir Bernie, ganz aufgedreht, alles Mögliche erzählte. Christel hatte sich neugierig in den Ecken der Küche rumgedrückt und beobachtete sehr genau die Szene. Als alles einigermaßen sauber war, ließ ich mir das Kinderzimmer zeigen. Die wenigen Spielsachen waren sehr schnell bewundert und ich bat die beiden Mädchen, mich ein klein wenig allein mit der Mutter sprechen zu lassen. Sie sollten mir, bis ich wieder da wäre, ein Bild davon malen, was sie sich am meisten wünschten. Ich würde gleich wiederkommen. Die Mädchen setzten sich eifrig auf den Boden und begannen zu zeichnen.

Ich ging zurück zur Mutter. Sie saß immer noch mit dem Kleinen wie eine Statue da und ich sagte zu ihr, dass sie sich nicht schämen müsse, ich kenne aus meinem eigenen Leben, dass einen der Schmerz so übermannen kann, dass man wie erstarrt, kraftlos und unendlich müde wird. Und ich begann ihr in einer Kurzfassung von meinem Schicksal zu erzählen. Es fiel mir nicht leicht, dies einer mir völlig fremden Person zu tun und es war das erste Mal, außer unfreiwillig beim Pfarrer in der Kirche, dass ich jemanden von meinem Schmerz erzählte. Als ich fertig war, hatte die Frau, die Hände vom Gesicht genommen und konnte mich aus den verweinten Augen anschauen. Sie blieb aber immer noch stumm. Ich sagte ihr, dass ich jetzt noch einmal kurz nach den Kindern schauen wollte, weil ich versprochen hatte, mir anzusehen, was sie gemalt hätten. Dann aber würde ich gehen. Aber wenn sie es möchte, würde ich am nächsten Tag nochmal kommen. Sie solle es sich überlegen. Die Mutter sagte nichts und ich ging ins Kinderzimmer, wo die beiden mir schon mit den gefertigten Bildern entgegen sprangen. Ich ließ mir die Wünsche auf den Zeichnungen erklären. Christel hätte gerne einen großen Ball und dass die Sonne bald wieder scheint, damit sie draußen spielen könnte. Bernie hatte eine schöne Landschaft mit einem Haus gemalt und fünf Gestalten, die sich Hand in Hand auf einem Spaziergang befanden. Die Sonne schien auf alle lachend herab und nebenher lief ein Hündchen. Ich ließ mir von Bernie erklären, wer die Personen waren. Es waren alle drei Kinder, die Mutter und ich und daneben der Hund Belto. Gut dachte ich, das war doch kein schlechter Anfang. Ich verabschiedete mich von den Kindern und erklärte Ihnen, dass ich morgen wiederkommen würde, sofern ihre Mutter das wollte. Ich würde am nächsten Tag nachfragen. Ich umarmte die beiden Mädels und ging in das Wohnzimmer, wo die traurige Frau immer noch reglos, mit dem an sie geklammerten Jörg, saß. Immerhin hatte sie aufgehört zu weinen. Ich gab ihr die Hand und versicherte ihr noch einmal, dass ich morgen wiederkommen würde, um sie nach ihrer Entscheidung zu fragen.

Auch dem kleinen Jörg winkte ich noch zu, der aber seine Fäustchen nicht von der Kleidung seiner Mutter löste. Dann öffnete ich die Wohnungstüre und hörte noch ein fast leises „Danke". Ich schloss die Türe ganz leise hinter mir. Irgendwie jubelte in mir etwas. Ich war erfolgreich gewesen und der Pfarrer hatte recht. Trotzdem war ich aber noch skeptisch, ob und wie das weitergehen sollte. In dieser Nacht konnte ich lange nicht einschlafen, weil mir so viele Gedanken durch den Kopf gingen."

„So, liebe Fideline, es dämmert schon und ich

habe Ihnen jetzt soviel erzählt und Sie aufgehalten." „Nein", erwiderte Fideline, „das fand ich sehr spannend und ich würde gerne mehr davon hören. Sie haben aber recht, für heute genügt es. Ich hoffe, es hat Sie nicht zu sehr geschwächt. Wenn Sie möchten, komme ich morgen wieder und Sie erzählen weiter. Ja?" „Gerne, Liebes, kommen Sie gut nach Hause und danke für den Besuch." Fideline verließ nachdenklich das Hospiz.

Am nächsten Tag ging Fideline nach ihrer Arbeit wieder zum Hospiz. Frau Pilser hatte schon auf sie gewartet. „Kindchen, ich bin so froh, dass Sie mich wieder besuchen. Es ist ja schön hier und alle meinen es gut. Aber so ein richtiges Schwätzchen, dafür ist einfach keine Zeit. Es tut mir gut, ein bisschen zu reden, wenn man hier so liegt und auf sein Ende wartet, da kommt einem so Allerlei in den Sinn, was man in seinem Leben getan hat. Aber noch mehr kommen einem in die Gedanken an das, was man unterlassen hat." Die junge Frau bat sie, doch weiter von der Familie zu erzählen. „Ach, ja", meinte die Frau Pilser, „am nächsten Tag ging ich nach der Arbeit wieder hin. Ich arbeitete als Sekretärin in einer Bierbrauerei. Es war nicht gerade mein Traumjob. Ich wäre lieber Gärtnerin, Bäuerin, Forscherin oder Tänzerin geworden und diese Arbeit, rund um das Bier, habe ich eigentlich gehasst, wie auch mein damaliges Leben. Aber ich schweife ab. Also ich ging wieder dorthin. Ich sah schon das kleine Gesichtchen von Bernie am Fenster, als ich noch zehn Meter vom Haus entfernt war. Sie war es auch, die mir die Türe öffnete, ich musste nicht einmal läuten. „Psst, Mama schläft", flüsterte sie. Ich fragte sie, ob sie denn krank sei und sie meinte, sie hätte wieder diese schlimmen Kopfschmerzen. Nun gut, dachte ich, es gibt eine Menge zu tun. Der kleine Jörg lief mit stinkender Windel und barfuß durch die Zimmer. Er hatte sich offensichtlich in ein Flugzeug verwandelt, jedenfalls machte er ähnliche Geräusche und schwenkte dabei ein Blechflugzeug in seiner Hand.

Christel, noch ein wenig schüchtern, näherte sich mir mit dem Daumen im Mund. Nur Bernie schien ganz die von gestern zu sein, zerrte mich ungeduldig am Rock und bat mich ins Kinderzimmer zu kommen.

Da erwartete mich ein blitzsauberer Raum. Ich staunte und sah Bernie an. „Hab alles ich aufgeräumt!", verriet sie mir. Mein Gott, dachte ich, das arme Kind, sie fühlte sich offensichtlich für alles verantwortlich. Das kann nicht gut sein, überlegte ich. Diese Sechsjährige sollte noch nicht so die „Große" spielen müssen, sondern stattdessen unbeschwert spielen können. Erst einmal bewunderte ich alles. Auch wenn alles nur in die spärlichen Schränke und Kisten gestopft war, so war es doch eine erhebliche Leistung, gemessen an dem vorherigen Zustand des Zimmers. Ich sagte geheimnisvoll zu den beiden Mädelchen: „Wir machen jetzt einen Plan. Sagt mir, was wir heute tun sollen. Habt ihr schon was gegessen?" „Ja", sagte Bernie, „wir haben schon viele Kekse gegessen". Ich sah auch die Reste überall auf dem Boden. Ich fragte die beiden Mädchen nach ihren Lieblingsspeisen. Sie zählten mir eine Menge auf, lauter Süßigkeiten und so fragte ich sie, ob sie denn schon Grießbrei mit Zimt und Zucker kennen würden. Den wollten sie haben. Sogar Jörg, der sich inzwischen mit blauen Füßchen neugierig dazu gesellt hatte, schrie ein begeistertes Ja. Aber vorher musste noch die Windel gewechselt werden, denn sie „stank zum Himmel". Er ließ es gerne geschehen. Es war nicht leicht für mich als ungeübte Ersatzmutter mit den eingetrockneten Hinterlassenschaften auf Jörgs Po zurecht zukommen. Aber die Bernie brachte zum Glück alles Nötige an. Öl, frische Windeln und ein neues Höschen. Vollständig angekleidet und wunderbar nach Nivea-Öl duftend, raste das verwandelte Flugzeug wieder lautstark durch die

Wohnung. Während beide Mädchen, auf Stühlen stehend, mir interessiert zuschauten, wie ich den Grieß in die heiße Milch einrührte, fragte ich sie, ob sie denn wüssten, ob die Mama einverstanden wäre, dass ich öfters käme. Bernie und Christel riefen wie aus einem Munde: „Ja!!!"

Ich meinte, ich müsste das aber von der Mutter selbst hören. Da sprang Bernie vom Stuhl und war verschwunden. Während ich den Tisch deckte, kam Bernie mit der zerzausten Mutter an der Hand, die sie kräftig vorwärts zerrte. „Wollen sie sich dazu setzen? Ich habe Grießbrei gemacht, für sie ist auch genug da." Die Mutter sah sie nicht gerade freundlich an und meinte, sie bräuchte keine Hilfe und käme auch allein zurecht. Bernie baute sich mit eingestemmten Armen vor ihrer Mutter auf und schrie sie an: „Das ist doch gar nicht wahr! Lass die Frau doch, sie ist nett und kümmert sich um uns, was Du ja nie machst." Die Mutter brach bei diesen Worten wieder in Tränen aus und sank erschöpft auf einen Stuhl. „Kinder", sagte ich, „lasst die Mama mal. Wir essen jetzt erst mal den Grießbrei und dann reden wir in Ruhe darüber."

Alle saßen ganz stumm um den Tisch. Nur den Kindern schmeckte der Grießbrei, die Mutter rührte keinen Bissen davon an. Bernie wollte mit Christel anschließend den Tisch abräumen. Ich bat die beiden, danach mit Jörg ins Kinderzimmer zu gehen, weil ich mit ihrer Mutter reden wollte. Sie taten brav, um was ich sie bat. Nun saß ich ratlos mit der weinenden Frau am Tisch und mir fiel einfach nichts ein, was ich sagen könnte. Nach ein paar Minuten, brach es aus der Mutter raus: „Ja, Bernie hat recht. Ich komme überhaupt nicht mehr klar. Ich habe überhaupt keine Kraft mehr und die Migräne geht gar nicht mehr weg. Ich würde am liebsten immer nur schlafen." Mir fiel einfach nichts wirklich Gutes ein, was ich darauf sagen konnte und so blieb ich nur still sitzen. Da fiel mir der Pfarrer ein. Er hatte mich auch einfach nur in meinem Schmerz ausgehalten. Und tatsächlich, je stiller ich war, um so mehr kam es aus der Frau heraus. Sie erzählte mir, dass ihr Mann sie verlassen hatte, als der Jörg gerade mal ein halbes Jahr alt war, für eine Andere. Mitten ins Herz traf sie das, wo sie doch immer alles für ihren Mann getan und ihm jeden Wunsch von den Augen abgelesen hatte. Erst kam er nur später von der Arbeit heim, dann blieb er auch ab und zu eine Nacht weg und schließlich ganz. Er hinterließ nur eine Nachricht auf einem Zettel: Sie holte diesen aus einer Schublade und reichte ihn Fideline: „Es tut mir leid, aber ich liebe Dich nicht mehr!" stand darauf. Er hatte zwar noch den Unterhalt für die Kinder gezahlt, aber sonst lebten sie von der Sozialhilfe. Das war zum Sterben zu viel und zum Leben zu wenig. Nun fiel mir endlich etwas ein, was ich sagen konnte und so zeigte ich ihr auf, dass ich ihr ja jetzt ein wenig unter die Arme greifen könnte, zumindest, was den Haushalt und die Kinder betraf. Vielleicht könnte man außerdem auch finanziell eine Lösung finden. Dabei hatte ich den Pfarrer schon im Hintergedanken. Die Frau wischte sich die Tränen ab und schnäuzte sich kräftig. Man sah es ihrer Haltung an, dass sie Hoffnung schöpfte: „Ja wie soll das denn gehen?", zweifelte sie. „Nun", meinte ich, „wir müssten eben einen Plan machen." Ich schlug ihr vor, dass ich heute die Kinder zu Bett bringen würde und wir dann in Ruhe einen Plan aushecken könnten. Ich sagte schelmisch: „Ich bin gut im Plan aushecken." Sie lächelte ein ganz klein wenig und ich schob noch ein: „Wir machen das schon, alles wird gut werden. Sie haben so reizende Kinder und jetzt ruhen sie sich noch ein wenig aus, ich weck Sie dann!"

Danach verkündete ich den Kindern, dass alles in Ordnung sei und ich sie heute ins Bett bringen würde. Vorher müssten sie aber noch in die Badewanne. Als Belohnung würde ich ihnen dann eine ganz lange Geschichte vorlesen. Sie sollten schon mal eine aussuchen, während ich das Bad vorbereitete.

Die Wanne sah aus, als hätte vorher ein Kaminkehrer darin gesessen. Ich schrubbte sie erst einmal gründlich. Eine Dreiviertelstunde später saßen die drei Nackedeis fröhlich quietschend in der Wanne und machten Pfützen auf den Fliesenboden. Es machte mich fröhlich, die lachenden Gesichter vor mir zu sehen und ich musste an meine Tochter denken, die ich nie baden durfte. Aber die Kinder rissen mich durch ihre Plantscherei ganz schnell aus dem Grübeln, und ich musste sie ermahnen, es nicht zu doll zu treiben. Dann nach einer Stunde gelungener Säuberung, nebst Haare föhnen, lagen sie alle glücklich in den Betten, voller Erwartung auf das Vorlesen. Ich dachte noch, bevor ich mich ans Lesen machte, dass die Betten auch dringend bezogen werden müssten. Dann schlug ich das Buch auf."

Fideline war von Frau Pilser's Erzählungen hingerissen. Sie sah und hörte aber auch, wie diese immer schleppender und müder klangen. Fideline meinte mitfühlend, dass es für heute wohl genug wäre mit dem Reden und Frau Pilser nickte. „Ja, Kind, heute strengt mich alles besonders an. Sie haben die Medikamentendosis erhöht. Erzählen Sie mir doch etwas von sich."

Fideline überlegte, da gab es nicht viel zu erzählen, ihr Leben war ziemlich eintönig. Da hatte doch Frau Pilser so viel mehr zu sagen, weil sie so viel mehr erlebt hatte. Sie schwieg erst, dann meinte sie: „Mein Leben ist eigentlich so bedeutungslos, was soll ich darüber reden." Frau Pilser schwieg dazu nachdenklich und meinte dann: „Gut lassen wir es für heute. Sie kommen doch morgen wieder, oder?" „Aber ja doch", meinte Fideline und verabschiedete sich voll Wärme und drückte lange die alten Hände.

Als Fideline an diesem Tag nach Hause ging, wurde ihr schlagartig bewusst, dass diese Frau ihr eigentlich die erdrückende Ereignislosigkeit in ihrem eigenen Leben deutlich machte. Es bestand nur aus der Arbeit auf dem Friedhof und durch Lesen in der Freizeit. Sie hatte zwar eine reiche Innenwelt und erlebte in ihren Büchern die Ereignisse lebhaft mit, aber eigentlich war es ein Leben aus zweiter Hand. Würde sie so weitermachen, hätte sie am Ende ihres Lebens weder Familie noch Kinder noch einen Geliebten. Das bisherige Dasein kam ihr Irgendwie seicht vor. Sie begann zu grübeln, warum das so war und was sie falsch gemacht haben könnte. In dieser Nacht hatte sie einen Traum. Sie saß mit mehreren Menschen um einen runden Tisch und sie erzählten sich ihre Träume. In ihrem Traum war sie der Pfeil einer Armbrust, der gerade in dieses altertümliche Gerät eingespannt worden war und in die Nacht geschossen wurde. Hinein in den Kosmos, mitten in den von goldschimmernden Sternen glänzenden Nachthimmel. Und während dieses schnellen Fluges fühlte sie sich unbeschreiblich glücklich.

Am Morgen danach blieb sie noch ein Weilchen liegen und sinnierte darüber, was dieser Traum wohl bedeuten mochte. Sie kam zu dem Ergebnis, dass ihre Seele diesen Traum geschickt hatte und die sich danach sehnte, woanders hinzugehen, in eine glücklichere Welt. Sie dachte auch darüber nach, wohin Frau Pilser wohl nach ihrem Tode gehen würde. Es war Sonntag und sie wollte die alte Dame danach fragen, was sie für eine Vorstellung von dem Ort hatte, zu dem sie bald aufbrechen wollte. Oder war das zu indiskret?

Sie machte sich nach dem Frühstück gleich auf zum Hospiz. Die alte Dame war ganz vergnügt und scheinbar wieder bei Kräften. Sie wurde sehr fröhlich begrüßt und man sah der Frau an, dass sie sich sehr freute. „Liebe Fideline", sagte sie, „setzen Sie sich zu mir. Gestern schien mir, als hätten Sie noch etwas auf dem Herzen. Jedenfalls kam es mir so vor, als käme Ihnen Ihr Leben etwas fade und bedeutungslos vor. Stimmt das?" Fideline nickte etwas betreten. „Ach junge Frau, so ging es mir auch lange Zeit. Ich verspürte überhaupt keinen Sinn mehr in meinem Leben. Alles was ich mir erträumt hatte, war verloren. Der Mann, den ich liebte, war aus meinem Leben gerissen worden und das ersehnte Kind in dieser schrecklichen Zeit verloren. Mein Leben erschien mir ab da nur noch bedeutsam im Schmerz. Dieser brachte mich dazu, mich immer mehr zu verschließen. Es tat mir fast alles weh, was ich um mich herum sah. Die letzte Phase des Krieges und die Zeit danach, wo es soviel Zerstörung gab, war wie ein Spiegelbild meines Inneren. Ich konnte nur noch das Elend wahrnehmen und ich hatte mich total verloren in Selbstmitleid, Trauer und Schmerz um meine gescheiterte Lebensplanung. Ich fand mich absolut von Gott verlassen und war aber, wahrscheinlich durch meine religiöse Erziehung geprägt, nicht in der Lage, ein Ende zu machen, obwohl ich, weiß Gott, ständig daran dachte. Liebe Fideline, wie oft war ich am Grab meiner Tochter oder an der Gedenkstätte der Gefallenen, auf dessen Stein, der Name meines geliebten Mannes eingraviert war. Ich hatte geklagt und geklagt. Ich muss gestehen, ich spürte auch ungeheure Wut in mir, die mich innerlich regelrecht vergiftet hat. Zwei Jahrzehnte quälte ich mich damit, grausam und ohne Mitgefühl für mich selbst. Erst als ich dieser Familie mit den drei Kindern begegnete, begriff ich, dass ich zwanzig Jahre meines Lebens weggeworfen hatte, an mein Unglück. Meine Jahre mit all seinen guten Möglichkeiten, praktisch meinem Elend noch hinterher geworfen habe. Alles noch 100fach potenziert habe, so als ob es nicht schon gereicht hätte. Ich erkannte durch diese Frau, dass ich eigentlich genau dasselbe tat. Zwar hatte ich keine Kinder, verlor mich aber auch im Schmerz. Durch die Auseinandersetzung mit dieser Familie verstand ich mit einem Mal, was ich getan hatte. Ich hatte mein Leben vergeudet und hatte insgeheim beschlossen, wegen all dem „Unrecht" auch den Rest meines Leben wegzuwerfen. Diese Familie war die größte Herausforderung in meinem Leben. Eine noch Größere als meine eigenen Schicksalsschläge, denn es ging darum, sich davon nicht zerstören zu lassen. Ich begriff den Sinn meines Lebens und dass ich trotz der Fehlschläge noch jemand war, für den sich das Leben noch lohnen würde. Nur wenn ich es nicht weiter unterdrückte, sondern es mit all meinen Fähigkeiten nutzte. Damals war ich nur eine kleine Sekretärin, die mit ihrem ungeliebten Job lediglich das Überleben sicherte. Für das Leben aber selbst tat ich eigentlich gar nichts. Ich betrachtete mich praktisch seit zwei Jahrzehnten als ‚bald meinen Lieben Nachfolgende' und somit war es eine verlorene Zeit. Als mir das bewusst wurde, überfiel mich ein grenzenloser Schmerz, denn diese Jahre konnte man nicht ungeschehen machen. Es dauerte eine Weile bis ich durch diese Erkenntnis hindurch kam, wieder mit viel Klagen, Flüchen (ich gestehe es) und einem Ozean von Tränen. Als ich daraus hervorgegangen war, ließ ich den Satz: ‚Wir nehmen alles an, was Gott uns aufgetragen hat' in den Grabstein meißeln. Aber eigentlich ist jetzt ein anderer Satz daraus geworden. Er müsste jetzt heißen: „Ich liebe und akzeptiere mich und mein Leben so wie es ist". Er hat sich deshalb verändert, weil ich, als ich mich entschieden hatte, dieser vierköpfigen Familie zu helfen, sie angefangen habe zu lieben und zu mir selbst gefunden hatte. Verstehen Sie Engelchen, mich selbst akzeptiert und geliebt habe, weil ich mit der Liebe zu Anderen angefangen habe, mich als jemand Sinnerfüllten zu erkennen, der seinen Beitrag leisten kann und wertvoll ist. So habe ich mich mit der Zeit mit meinem Schicksal ausgesöhnt und mich und meine Seele wieder annehmen können. Es war wichtig, weil auch Gott wieder in allen Menschen und Dingen erkennbar wurde. Das gab mir Kraft und eine nie mehr versiegende Liebe.

Diese Familie begleitete ich noch viele Jahre, bis der kleine Jörg, inzwischen erwachsen, nach Amerika ging als Flugzeugingenieur. Sie erinnern sich, er hatte schon als ganz kleiner Junge ein großes Interesse an Flugzeugen. Die Christel hatte mit 23 Jahren geheiratet und hat jetzt selbst zwei Kinder, die schon aus dem Haus sind. Ich habe ihr noch das Hochzeitskleid mit aussuchen helfen dürfen. Jetzt ist sie sicher glücklich mit ihrem Mann, sie hatte ihn bei einem Besuch ihres Bruders in Amerika kennengelernt und blieb dann auch dort. Sie schickt mir immer noch Briefe der Dankbarkeit zu meinem Geburtstag.

Die Mutter der Kinder war im Alter von 49 Jahren an Gehirntumor gestorben. Sie hatte wieder aus der Depression gefunden. Ich glaube aber, in ihrer Seele war da immer noch diese tiefe Wunde, die sie nie überwunden hat. Bernadette blieb ihr Leben lang alleine, ohne Mann, sie war wohl auch sehr verwundet durch den Weggang des Vaters. Sie schaffte es aber mit 24 Jahren, sich eine Ersatzfamilie zu schaffen. Die Sorge um ihre Geschwister motivierte sie wohl dazu. Nach ihrer Ausbildung zur Erzieherin betreute sie in einem SOS-Kinderdorf in Indonesien viele Jahre lang die verlassenen Kriegs- und Aidswaisen. Bis sie selbst schließlich an einem Fieberanfall während einer Malariaerkrankung starb. Die liebe Bernie werde ich wohl jetzt bald wiedersehen. Sie sehen liebe Fideline, wenn ich erst mal hinübergehe, wird das ein Festtag und kein Trauertag werden."

Am nächsten Tag musste Fideline bis zum Dunkelwerden arbeiten und konnte nicht mehr ins Hospiz. Sie war einfach zu müde. Den Tag darauf konnte sie sich aber schon ein wenig früher auf den Weg machen und sie kaufte noch einen wunderschönen Strauß Flieder. Als sie das Zimmer betrat, schien Frau Pilser zu schlafen, sie trat vorsichtig an das Bett. Die alte Dame öffnete die Augen und lächelte.

Mit schwacher Stimme sagte sie: „Ach Liebes, ich dachte schon, ich würde Sie nicht mehr wiedersehen." Fideline fühlte eine eiserne Hand an ihrem Herzen und sagte betont fröhlich: „Wo denken Sie hin, natürlich komme ich so oft ich kann. Gestern mussten wir so lange noch etliche Gräber bearbeiten und dann tat mein Rücken so weh, dass ich mich kaum noch rühren konnte. Aber heute habe ich es sogar schon früher als sonst geschafft. Schauen Sie, ich habe ihnen die Blumen mitgebracht." Das wächserne Gesicht von Frau Pilser erhellte sich, als sie an dem Strauß roch: „Aaah, Flieder, wie sehr ich den liebe, das waren zeitlebens meine Lieblingsblumen. Zuhause hatten wir eine ganze Seite des Gartens voll mit Fliederbüschen, rosa, weiß und lila. Lila ist mir der Liebste. Mein Mann hatte mir auch immer im Frühling einen Strauß geschenkt." Fideline sah, wie der alten Frau die Tränen in den Augen standen und beobachtete betreten, wie eine einzige Träne sich über die Backe auf dem Weg zum Ohr machte. Das wollte sie nicht. Sie wollte diese arme Frau nicht traurig machen. Als könnte sie ihre Gedanken lesen, sagte die blasse Frau: „Liebes, das sind keine schlimmen Tränen, das sind Tränen der Erinnerung an die schönen Zeiten hier auf dieser Erde. Ja, mein Kind, nun wird es nicht mehr lange dauern und ich werde mich auf den Weg machen. Nicht traurig sein, wissen Sie denn nicht, dass Sterben gar nicht so schlimm ist? Wir haben es schon hunderte Male getan, wir vergessen es nur, wenn wir in ein neues Leben, hier oder anderswo, eintreten. Aber wir werden uns wieder erinnern." „Aber Frau Pilser, Sie werden noch nicht sterben", rief Fideline hilflos. „Aber Engelchen, wir wollen uns doch nichts vormachen und ehrlich zueinander sein. Wir sind doch jetzt liebe Freundinnen geworden und unter Freunden sagt man sich die Wahrheit, nicht wahr?"

Nun hatte auch Fideline Tränen in den Augen und Mühe, ein Schluchzen zu unterdrücken. So konnte sie nur nicken. Die alte Frau griff nach ihrer Hand und streichelte sie zärtlich. So verharrten sie eine ganze Weile, bis sich Fideline wieder gefangen hatte. War es nicht so, dass sie sich das letzte Mal vorgenommen hatte, die alte Dame zu fragen, wie das für sie wohl sei, das mit dem Sterben. So nahm sie ihren ganzen Mut zusammen und fragte: „Was glauben Sie denn, wie das sein wird, wenn Sie gehen?" „Nun, niemand weiß es ganz genau, aber ich habe viele Bücher gelesen über Menschen, die schon klinisch tot waren und dann wieder reanimiert wurden. Es war sehr interessant, obwohl das Sterben offensichtlich recht individuell vor sich geht. Die Menschen sind eben ganz verschieden. So wie sie individuell leben und wahrnehmen, so unterschiedlich sterben sie auch. Manche kämpfen bis zum letzten Atemzug und viele gehen ganz still und mit einem Lächeln hinüber. Einige Dinge aber gleichen sich sehr, zum Beispiel gehen die meisten durch einen Tunnel oder eine Röhre und dann bewegen sie sich ganz schnell auf ein wunderbares helles Licht am Ende zu. So hell wie sie zuvor nie eines gesehen haben, das aber trotzdem nicht blendet. Manche sehen Christus, manche Buddha, manche begegnen ihrem inneren Führer oder ihrem Schutzengel. Andere wieder sehen schon bevor sie in den Tunnel gehen, ihre geliebten Verwandten oder Freunde an der Zimmerdecke. Keiner geht allein hinüber. Alle werden erwartet. Manche auch von Freunden, die sie aus früheren Leben schon kennen. Am Ende wird alles ganz klar. Ich erkenne auch schon manchmal in der Nacht das Gesicht meines Mannes und sehe ihn mit einem Bündel in den Händen. Dann weiß ich ganz genau, das ist unsere Marina. Ich spüre dann einen tiefen Frieden in mir...." Frau Pilser war verstummt.

Dann folgte ein Stöhnen und ein Wehlaut. „Was ist Frau Pilser, soll ich die Schwester holen?" Die gebettete Frau hatte plötzlich ein ganz bleiches Gesicht und Fideline drückte ganz schnell auf die Klingel am Bett. Eine ältere Schwester kam herein und rief ganz laut: „Frau Pilser, haben Sie wieder Schmerzen?" Frau Pilser nickte. Kurze Zeit später kam die Schwester wieder mit einem Ständer, an dem eine Flasche baumelte und sprach beruhigend mit der Kranken: „Ich lege Ihnen jetzt einen Zugang Frau Pilser. Da ist Flüssigkeit drin und auch was gegen die Schmerzen." Die alte Dame flüsterte jetzt mit der Schwester: „Gell, aber kein Morphium bitte, ich will doch ganz klar bleiben!"

„Ich weiß schon Frau Pilser, ich habe es nicht vergessen, ist nur etwas gegen die schlimmsten Schmerzen drin", sagte sie. „Danke", hauchte Frau Pilser. Die Schwester winkte Fideline zur Türe und meinte dann: „Sie wird heute Nacht wahrscheinlich sterben. Wollen Sie bei ihr bleiben?" Fideline erwiderte zu ihrem eigenen Erstaunen: „Natürlich." Die Schwester holte ihr einen bequemen Stuhl.

Fideline rückte den Stuhl ganz nahe zum Bett und schaute gebannt auf das bleiche, eingefallene Gesicht. Es sah ganz anders aus als sonst. Es schauderte sie. Sie hatte noch nie einen Menschen sterben sehen, wusste aber genau, hier wurde sie gebraucht und sie nahm zaghaft die Hand von Frau Pilser. Die schlug die Augen auf und schaute sie intensiv an: „Schön, dass Sie noch hier sind. Haben Sie keine Angst, der Tod ist nicht ansteckend. Sie werden sehen, es ist ganz leicht. Ich bin bereit, mehr als das und freue mich. Mein Liebes, es wird Zeit, sich zu verabschieden. Das Reden strengt mich sehr an. Deshalb sage ich Ihnen jetzt noch einmal danke für die Pflege des Grabes und...", nach einer Pause, „Kindchen, ich werde von da drüben aus auf Sie aufpassen. Sie müssen voll des Mutes in die Welt hinausgehen. Haben Sie keine Angst vor dem Leben, nur weil es oft weh tut. Machen

Sie es nicht wie ich. Ich habe viel zu viele Jahre vertrödelt und erst richtig gelebt, als ich begriffen habe, dass wir hier sind, um Anderen das Leben leichter zu machen wo wir nur können. Liebes, sehen Sie ihn...?" Fideline starrte zum Fußende des Bettes, zu dem Frau Pilser fasziniert starrte: „Nein, was sehen Sie denn?" „Er ist so wunderschön, er leuchtet golden und ist riesig groß und er lächelt mich an, voller Liebe, soviel Liebe, oh mein Gott, wie wunderschön...." Frau Pilser hatte sich leicht aufgerichtet und starrte ganz gebannt auf etwas Großes, das sie offensichtlich vor sich sah: „Er kommt mich abholen, oh mein Gott wie schön, wie unendlich schön...." Sie fiel zurück auf das Kissen und lächelte ganz sanft und glücklich. Dann noch ein Atemzug und nach einer Weile totaler Stille, hörte sich Fideline mit fremder Stimme ganz laut sagen: „Wie wunderschön!"

Alles geben die Götter ganz,
die unendlichen,
ihren Lieblingen ganz,
Alle Freuden ganz, die unendlichen,
Alle Schmerzen, die unendlichen, ganz.

(Johann Wolfgang von Goethe)

Alleingelassen

Wenn Elmar doch nur endlich nach Hause käme. Er war schon drei Tage fort, ohne ein Wort. Er war einfach verschwunden, er hinterließ nichts, keinen Brief, nicht einmal eine Notiz.

Sie hätte doch wohl als seine Ehefrau eine Nachricht verdient und besonders jetzt, da wo sie schwanger war. Sie würde wohl eine Vermisstenanzeige aufgeben müssen. Morgen würde sie endlich zum Polizeirevier gehen. Sie hatte es aus Scham so lange hinausgezögert. „Eine verlassene Ehefrau", so würde sie von nun an angesehen werden. Fabiana schalt sich selbst. Vielleicht war ihm ja etwas zugestoßen, wieso sollte er sie auch verlassen haben. War denn seine Freude über das ungeborene Kind nur Theater gewesen? Sie hatten schon drei Jahre lang vergeblich versucht, ein Kind zu zeugen und jetzt wo es endlich geklappt hatte. Nein, das konnte einfach nicht sein.

Sie zog den Mantel an und verließ das Haus. Auf der Polizeistation meldete sie ihren Mann als vermisst. Der diensthabende Polizist ließ sie eine Menge Fragen beantworten: Ob er vielleicht auf Sauftour wäre und ob es nicht sein könnte, dass er vor dem Kindergeschrei geflohen wäre, oder ob sie sich öfter gestritten haben. Fabiana spürte wie ihr bei all diesen Fragen die Röte der Scham und des Zorns emporstieg. Der Polizist musterte sie dreist vom Scheitel bis zur Sohle und blickte unverhohlen und lange auf ihren sichtbar gewölbten Bauch. Sie fühlte sich erniedrigt, bloßgestellt, wie nackt und wäre am liebsten hinausgerannt oder in den schwarzen und weißen Schachbrettmusterfliesen versunken. Tapfer beantwortete sie scheinbar teilnahmslos alle Fragen sehr sachlich.

Als sie endlich wieder auf der Außentreppe des Reviers stand und die kühle Winterluft atmete, merkte sie, wie angespannt ihr ganzer Körper war. Sie atmete tief ein und im gleichen Moment spürte sie ein Ziehen in ihrem Unterleib. Das konnten doch nicht schon die Wehen sein, drei Monate zu früh. Sie versuchte sich zu beruhigen und stieg in das Auto. Sie wollte so schnell wie möglich weg von diesem unfreundlichen Ort. Sie fuhr in ungewohnter Schnelligkeit aus der Parklücke und raste durch das Städtchen, als wäre sie auf der Flucht. Die Schmerzen in Fabiana's Leib nahmen zu. Sie bremste erst als sie den Wald erreichte und fuhr noch in einen kleinen Weg hinein. Dort blieb sie über das Lenkrad gebeugt sitzen, angstvoll auf die nächste Schmerzwelle wartend, die auch bald kam. Sie spürte wie es unter ihr nass wurde und dann nur noch, wie eine dunkle Wolke in ihr Bewusstsein kroch. Schließlich nur noch Stille und Schmerzlosigkeit.

Zwei Tage später fanden Spaziergänger die erfrorene Frau. Sie wurden aufmerksam, weil sie Blutspuren neben der Fahrertüre im weißen Schnee sahen.

Nicht alle Schmerzen sind heilbar,
manche schleichen sich tiefer und tiefer
ins Herz hinein
und während Tage und Jahre verstreichen
werden sie zu Stein

Du sprichst und lachst, als wenn nichts wäre
sie scheinen zerronnen wie Schaum.
Doch du spürst ihre lastende Schwere
bis in den Traum

Der Frühling kommt mit Wärme und Helle
die Welt wird ein Blütenmeer
aber in meinem Herzen ist eine Stelle
da blüht nichts mehr

(Ricarda Huch)

Eine seltsame Reise

Schnee von gestern, dachte Corinna. Darüber wusste sie schon lange Bescheid. Sie drängten ihr immer die allerneuesten Nachrichten auf und dachten auch noch, sie täten ihr etwas Gutes damit. Sie hatte schließlich selbst ein Radio und auch Augen, um die Tageszeitung zu lesen.

Sie bestrich ihr Brötchen mit Butter und biss herzhaft hinein, als es krachte. Nein, nicht das! Sie hatte es ja geahnt, dieser Zahn meldete sich in letzter Zeit immer öfters, aber sie hatte es verdrängt, sich darum zu kümmern. Sie spuckte das Brotstückchen aus und untersuchte im Spiegel das Malheur. Oh Gott, der halbe Zahn war nur noch zu sehen und ragte wie ein zerklüfteter Berg empor. Sie wusste, jetzt führte am Zahnarzt kein Weg mehr vorbei. Seltsamerweise schmerzte es kein bisschen, wahrscheinlich stand sie unter Schock. Sie suchte ihre Krankenkassenkarte, ging unter die Dusche und zog sich so an, als ginge sie in die Kirche.

Natürlich ging sie nicht zur Kirche, sie war absolut gottlos. Dieser Gott, von dem sie immer sprachen, der hatte ihr noch nie geholfen und das obwohl sie es bitter notwendig gehabt hätte. Also warum sollte sie in die Kirche gehen. Sie zog sich aus zwei Gründen so schick an. Erstens weil sie einen Eindruck auf die Zahnärzte machen wollte. Sie sollten sich Mühe geben und sie nicht wie eine Nullachtfünfzehn-Patientin behandeln, denn sie hielt nicht viel von Ärzten. Und zweitens fürchtete sie sich zu sterben und sie wollte wenigstens würdevoll aus dieser Welt gehen. Sie bekäme eine Narkose, denn sie würde sich niemals nur unter Betäubung einer solchen Behandlung hingeben. Allein vor Angst würde sie schon sterben. Zweimal schon wurde sie unter Narkose in der Zahnklinik operiert.

Jedes Mal war es ein Weisheitszahn, der ihr gezogen werden musste. Diesmal wäre es ihr linker Eckzahn. Da mindestens 80 Prozent von ihrem Bewusstsein davon überzeugt war, dass sie den nächsten Tag nicht überleben würde, umrundete sie noch einmal ihren Garten und verabschiedete sich von Allem was sich darauf befand. Sie umarmte ihre Trauerweide und roch noch einmal an den schon ein bisschen welken Fliederblüten. Sie streichelte lange ihren Clary, einen alternden Mischlingshund, den sie vor 12 Jahren aus dem Tierheim gerettet hatte und nahm ihre Katze auf den Arm. Schließlich ging sie gefasst und traurig zum Telefon, rief ihre beste Freundin an und bat sie nach ihrem Haus und den Tieren zu schauen. Sie blickte nicht zurück, als sie in das Auto stieg und fuhr fort. Es reichte schon. dass ihr die Tränen in Strömen über die Wangen liefen.

Vier Stunden später lag sie auf dem Rollbett, wurde den langen Gang, Richtung OP, gefahren. Sie war davon überzeugt, dass sie dieses Haus nicht lebend verlassen würde, als sich die Schwingtüren im grellen Operationsraum hinter ihr schlossen. Sie setzten ihr mit beruhigenden Worten die durchsichtige Maske über Mund und Nase. Sie war nicht zu beruhigen. Sie bibberte am ganzen Körper und während sie darauf wartete, dass es dunkel wurde, sprach sie zum ersten Mal in ihrem Leben ein kleines Gebet. Nein es war ein herzzerreißender innerer Schrei: „Himmel hilf!" Nach einer nicht enden wollenden Zeitspanne sah sie nur grelles Licht, dass sie seltsamerweise nicht blendete. Mit Schrecken nahm sie wahr, dass der Arzt offensichtlich die Narkose falsch dosiert hatten. Ihre Augen blieben offen und sie versank nicht in eine Dunkelheit.

Sie versuchte zu schreien wild um sich schlagen und auf sich aufmerksam zu machen. Aber sie konnte keinen Finger bewegen. Paralysiert von dieser Panik blieb sie mit aufgerissenen Augen und völlig verkrampft in diesem gleißenden Licht liegen. Dann bemerkte sie einen Schatten, der auf sie zu kam. Vielleicht war es der Anästhesist, der jetzt doch bemerkte, dass sie noch nicht „weg" war. Der Schatten wurde größer, hüllte sie ein und sprach zu ihr: „Haben Sie keine Sorge, es ist alles in Ordnung. Und im gleichen Moment als sie diese sanfte Stimme hörte, bemerkte sie, wie sie sich erhob und von oben herab auf ihren Körper blickte. Völlig fassungslos sah sie, wie drei Menschen in weißen Kitteln sich an ihrem Mund zu schaffen machten und bemerkte auch die Gleichgültigkeit, mit der sie die Szene beobachtete. Dann schwebte sie durch die Zimmerdecke, sah auf ein rot-gesprenkeltes Dach, flog noch höher über eine Stadt und schließlich stieg sie noch weiter hoch, bis unter ihr, alles wie eine Puppenstube aussah. Sie sah immer noch alles in gleißendes Licht getaucht und das Wesen, das vorhin mit sanfter Stimme zu ihr gesprochen hatte, nahm sie an der Hand und rauschte in den Sternenhimmel, einem wunderschönen Licht zu.

Dieses Licht war so herrlich, dass Corinna alles andere vergaß. Immer schneller raste sie darauf zu. Das Rauschen um sie herum wurde lauter und lauter. Dann wurde sie gestoppt, mitten in dieser schnellen Bewegung. Es tat irgendwie weh, sie wollte weiter auf das Licht zuschweben, doch vor ihr tauchten Bilder auf. Sie sah ihren Hof unter sich, die geliebte

Trauerweide, den Clary herumtoben, wie er noch jünger war und beobachtet fasziniert seine Bewegungen. Sie spürte ihre Liebe zu all dem, was sie da unter sich sah, in einer Intensität, die sie niemals für möglich gehalten hätte.

Je intensiver sie alles beobachtete, desto näher fühlte sie sich allem. Immer noch war alles ungewohnt hell, was sie betrachtete und eine starke Kraft zog sie wie ein Sog abwärts. Bis sie plötzlich wieder die Stadt von oben sah, das Dach des Krankenhauses, den OP und sich selbst auf dem Operationstisch. Irgendwie war Aufregung im Raum und einer der Ärzte massierte ihren Brustkorb. Mit einem Mal spürte sie diese Herzmassage wieder körperlich. Sie schlug die Augen auf und blickte in drei besorgte Augenpaare. Doch Corinna war überhaupt nicht besorgt. Sie schloss die Augen wieder und genoss still die inneren Bilder noch einmal, von denen sie gerade zurückgekehrt war und ein tiefer Frieden erfüllte sie vom Scheitel bis zur Sohle und vor allem im Herzen.

Niemand kennt den Tod.
Es weiß auch keiner,
Ob er nicht das größte Geschenk
Für den Menschen ist.

(Sokrates)

Der Brief

Marlow stürmte den Berg hinauf. Sturm war in ihm und er spürte nicht die Anstrengung im Körper, wie er da so in rasender Geschwindigkeit den Steilhang hinauf lief. Er durfte nicht anhalten, denn etwas in ihm jagte ihn hinauf, etwas verfolgte ihn. Eine halbe Stunde später landete er oben auf der Hügelspitze. Schwer atmend fiel Marlow auf den flauschigen Moosboden. Sein Herz fühlte sich an, als würde es gleich zerspringen, seine Lungen taten ihm bei jedem Atemzug weh. Langsam beruhigte sich sein Körper und auch das Denken setzte wieder ein. Diese Wahnsinnsfurcht war abgeflaut und er fragte sich, wovor er eigentlich geflohen war.

Er stand nun auf und setzte sich auf einen Baumstumpf. Durch die Kiefernstämme sah er das Tal vor sich, mit den Häusern und ihren vielfarbigen Dächern. Auf den Straßen dort unten bewegten sich kleine und größere Punkte. Die größeren waren die farbigen Autos und die kleinen die Menschen, die aussahen, wie kleine Insekten. Hunderte von Blitzen gingen von den vielen Fensterscheiben aus, in der die Sonne sich reflektierte.

Mit einmal empfand Marlow einen wirklichen Frieden in seinem Herzen, während er das in die

Hügel geschmiegte Dorf betrachtete. Die Schönheit seines Ausblickes erreichte die Mitte seines Herzens und Dankbarkeit erfüllte ihn, wie er sie nie vorher erlebt hatte. Nichts mehr war zu bemerken von dem panikartigem Gefühl, das er vorher verspürt hatte, als er den Hang hinaufgestürzt war. Er fragte sich, ob er geträumt hatte. Aber er saß hier oben und das war der Beweis, dass etwas ihn hier hochgetrieben hatte. Er konnte sich nicht mehr erinnern wie das angefangen hatte. Er zermarterte sein Gehirn, aber er konnte den Grund nicht finden, der ihn veranlasste, hier hochzustürmen.

Nach über einer Stunde innerer und äußerer Schau, reglos auf diesem Stamm sitzend, überkam ihn nun doch ein Frösteln. Das schweißnasse Hemd klebte inzwischen kühl an seinem Brustkorb und er beschloss wieder zurückzugehen, zurück in seine Wohnung.

Er brauchte nahezu zwei Stunden dafür und als er die Wohnungstüre aufschloss sah er den Brief im Kasten, entnahm ihn und legte ihn vorerst auf den Küchentisch. Erst wollte er sich einen Tee kochen. Der heiße Tee erwärmte seinen Körper und nun fühlte er sich bereit, den Brief zu lesen. Der Absender war die Klinik im nächsten Ort und er riss den Umschlag schnell auf. Ein klammes Gefühl kroch nun wieder aus der Magengegend hervor. Trotz der Teewärme in seinem Magen las er folgende Zeilen: Bitte kommen sie am 12. November, im Laufe des Tages, in unsere Klinik zur Aufnahme.

Am 13. November ist Ihre Operation zur Entfernung ihres Gehirntumors anberaumt...

Sag morgens mir ein liebes Wort,

bevor Du gehst von zuhause fort.

Es kann so viel am Tag geschehn,

wer weiß, ob wir uns wieder.

Sag lieb ein Wort zur guten Nacht,

wer weiß, ob man noch früh erwacht.

Das Leben ist so schnell vorbei,

und dann ist es nicht einerlei,

was Du zu mir zuletzt gesagt,

was Du zuletzt mich hast gefragt.

Drum lass ein liebes Wort das Letzte sein -

bedenk, das Letzte könnt's für immer sein.

(H.I. Rütimann)

Damoklesschwert

Nacht für Nacht lag sie still und gleichzeitig unruhig auf ihrem Lager. Die Gedanken wirr und ungeordnet, beängstigend intensiv, wie eine regenschwere Wolke in und über ihr. Der Körper schwer, wie angewurzelt und gleichzeitig angstvoll, elektrisiert vibrierend.

Tausenderlei Gedanken, drängend, verzweifelt nach einem Ausweg suchend, schliffen sich durch die zähen, gefühlsdurchtränkten und wagen Eindrücke. Unfähig sich und diesen tobenden Kopf zu zähmen, gefangen in dem Zwischenreich des Schlafens und Wachens, drängend nach Lösung, nach Erlösung suchend.

Morgens verließ sie gerädert das Bett, seltsam steif in den Gliedern von den unbeweglichen Stunden und gleichzeitig diese beinahe zerberstende Unruhe. Dieses innerliche Zittern, von dem sie nicht einmal wusste, ob es Angst war. Bei einer Tasse grünen Tee, deren Wärme sie mit beiden Händen wärmend festhielt, stellte sich allmählich Ruhe ein und daraus entwickelte sich ein wenig Sicherheit und Klarheit. Sie fand langsam, unendlich langsam, ihr Gleichgewicht allmählich wieder. So konnte sie ihr Tagwerk beginnen und machte sich schließlich auf den Weg zu der alten Dame, die schon auf sie wartete. Zu jener, die mit ihrem Schlaganfall dazu verdammt war, nicht mehr sprechen zu können. Sie dankte ihrem Gott, dass sie noch denken und reden konnte, sogar noch schreiben.

In ihren schlaflosen Nächten, häuften bekam sie bereits zu spüren, wie es ist, so endlos gefangen und verloren, wie diese kranke Frau, im Bett liegen zu müssen. Sie würde ihren Verstand dabei vollends verlieren.

„Hast Du Angst vor dem Tod?"
fragte der kleine Prinz die Rose.
Darauf antwortete sie:
„Aber nein. Ich habe doch gelebt,
ich habe geblüht
und meine Kräfte eingesetzt
soviel ich konnte.
Und Liebe, tausendfach verschenkt,
kehrt wieder zurück zu dem,
der sie gegeben.
So will ich warten auf das neue Leben
und ohne Angst und Verzagen verblühen."

(Antoine de Saint-Exupéry)

Die letzten Tage

Die Hündin Jana schaute in die Ferne. Was sie wohl dachte? Sie war schon alt, niemand wusste genau wie alt. Jeden Morgen streckte sie sich vorsichtig. Ein genauer Zuschauer konnte sehr wohl bemerkten, dass ihre Vorsicht daher kam, dass ihr nach dem Schlaf die Knochen weh taten. Aber nach ausgiebigen Streckungen wurde sie munter und probierte heftig ihr Schwänzeln aus, als sie hinter den Türen ihr Herrchen hörte. Ihr Gehör war noch sehr gut und natürlich auch die Nase. Jeder Tag zählte jetzt und tatsächlich waren die Tage für Jana jetzt immer sehr wertvoll. Sie spürte, dass es bald Zeit war zu gehen. Sie genoss die bereits warmen Sonnenstrahlen, als sie ihre Morgenrunde um das Grundstück lief. Sie witterte die Rehe draußen und erinnerte sich an ihre Jagdzeiten als sie noch viel jünger war. Jetzt konnte sie ihr Herrchen nicht mehr so lange in den Wald begleiten. Sie hätte nicht mehr Schritt halten können mit dem Jäger und ihrem stattlichen Sohn, den sie vor sechs Jahren geboren hatte. Er war es jetzt, der sein Herrchen in den Wald begleitete und die Fuchsbauten fand.

Jana war nicht traurig, es war der Lauf eines Hundelebens. Sie war glücklich und hatte ein reiches Leben geführt. Sie war nützlich gewesen und hat ihr Herrchen bewacht und ihre Arbeit gewissenhaft erfüllt.

Kaum hatte Jana ihre Morgenrunde beendet, öffnete sich die Türe und sie begrüßte heftig, wie in alten Zeiten, den inzwischen auch schon betagten Jäger. Auch Peri begrüßte ihn wild und ungestüm. Dann brachte Jäger Rebenhorst den beiden Hunden, überreichlich gefüllt, die Näpfe und sah ihnen zufrieden beim Fressen zu, wie jeden Morgen.

Jana wusste was jetzt kommen würde. Wie immer würde Peri gleich mit dem Herrchen in den Wald gehen und wie immer würde er auch versuchen mitzukommen. Er wusste es von den vielen Malen schon, dass er auch diesmal wieder nicht mitgenommen werden würde und so sah er den Beiden mit schwerem Herzen nach. Heute war der Schmerz in seinem Herzen intensiver als sonst und auch das Atmen viel ihm schwerer als sonst. Er legte sich ins Gras und genoss den Wind um seine Schnauze. Graue Regenwolken zogen auf und die Sonne verschwand dahinter. Jana war eingeschlafen und merkte die einzelnen dicken Tropfen nicht.

Als der Jäger zusammen mit Peri nach Hause kam, fand er Jana nass im Grase liegen. Sie sah friedlich aus. Als er aber sah, dass sie tot war,

spürte er einen eisernen Griff um sein Herz.
Seine treue Gefährtin hatte ihn allein gelassen.

Ein guter Hund stirbt nie

Ein guter Hund stirbt nie –
er bleibt immer gegenwärtig.
Er wandert neben Dir an kühlen Herbsttagen,
wenn der Frost über die Felder streift
und der Winter näher kommt,
sein Kopf liegt zärtlich in Deiner Hand
wie in alten Zeiten.

(Mary Carolyn Davies)

Rifus und das Tränenmeer

„Komm Rifus, komm endlich", rief die Mutter. „Was soll das denn? Wieso trödelst du denn immer so?" Rifus stand vor der Spielkonsole und zögerte kurz. Sollte er das Spiel speichern oder löschen? Er hatte überhaupt keine Lust, schon wieder zum Arzt zu gehen. Er wusste, dass er unheilbar krank war, also warum sollte er sich schon wieder diesen sinn- und endlosen, schmerzhaften Untersuchungen unterziehen. Nun, er würde der Mutter den Gefallen tun, sie litt ohnehin schon sehr unter der ganzen Situation, weil sie sich einfach nicht damit abfinden wollte, dass er eben in ein paar Monaten tot sein würde. Er hatte damit abgeschlossen. Für ihn war es in Ordnung. Schon letztes Jahr hatte er bei einer der Rückenmarkspunktionen eine „Nahtoderfahrung".

Sein Herz hatte kurz ausgesetzt, ehe sie ihn wieder reanimiert hatten und seitdem hatte er keine Angst mehr vor dem Tod. Er hatte praktisch eine Vorwegnahme des Todes erlebt und die war angenehmer, als alles was er bisher kannte. Also, warum sollte er Angst haben, da war nichts Furchterregendes in seinen, nun, wie sollte er es nennen, Erlebnissen. Im Gegenteil, aber seine

Mutter wollte ihn einfach nicht loslassen und das war echt ein Problem. Er wusste auch nicht wie er ihr helfen sollte. Sein kleiner Bruder war da viel pragmatischer. Er spekulierte schon auf sein viel größeres Zimmer und natürlich auf seine Computerspiele. Nun, vielleicht realisierte er mit seinen 8 Jahren auch gar nicht, was Totsein bedeutete.

Er ging langsam zur Treppe, er hatte wieder mal Schmerzen im Rücken und ging mühsam hinunter. Die Mutter, aufgeregt wie immer, redete und redete auf ihn ein, er hörte gar nicht hin. Erst als das Wort Vater fiel, horchte er auf. Er hatte seinen Vater seit sechs Jahren nicht mehr gesehen. Er hatte die Familie nach vielen Streitmonaten verlassen und war ohne Angaben einer Adresse verschwunden. Die Mutter erzählte ihm gerade, dass sein Vater sich angekündigt hatte. Sie hatte ihn suchen lassen und ihm geschrieben, dass er so krank war. Eine stille Freude stieg in Rifus auf, er würde ihn also doch noch einmal sehen, bevor....

Der Vater war tatsächlich gekommen. Vier Monate später war er ins Krankenhaus gekommen, in dem Rifus nun lag. Still und verlegen saß er an seinem Bett und wusste nicht, was er sagen sollte. Rifus sah aber auch zum Fürchten aus, lang und schmal, abgemagert und haarlos, mit tiefliegenden Augen und eingefallenen Wangen, so lag er in dem kahlen Krankenhauszimmer. Sie schwiegen lange und Rifus nahm schließlich die Hand seines Vaters und sagte: „Vater, es ist alles in Ordnung, mach dir keine Sorgen." Der Vater spürte ein leichtes Zittern in der Hand seines Sohnes und als er ihm in die Augen sah, bemerkte er im Spiegel der Augen von Rifus ein Leuchten und eine Hitze, die ihn fast verbrannte. Im gleichen Augenblick war er total verbunden mit seinem Sohn und glitt gemeinsam mit ihm an der Schädeldecke seines Jungen mit hinaus und sie betrachteten sich beide von der Zimmerdecke aus. Vater und Sohn, an den Händen haltend, am und im Bett, schwebten weiter hoch und sahen das Dach des Krankenhauses. Sie stiegen weiter über das Städtchen hinaus in den mit Sternen übersäten Himmel direkt in die Galaxie. Rasten einem wunderschönen, gleißenden, weißen Licht entgegen. Als sie es fast erreicht hatten, stoppte etwas den Vater. Während ein, im hellen Licht, schimmernder Rifus ihm zuwinkte und er die Worte hörte: „Vater, vergiss mich nicht. Hierher gehöre ich schon lange, ich werde schon erwartet. Du musst zurück! Sorge für meinen Bruder!"

Der Vater erwachte wie aus einem Traum, er blickte auf den leblosen Rifus und er begriff langsam, welches Geschenk ihm sein Sohn da gemacht hatte. Er hatte ihn mit auf seine letzte Reise genommen. Lange blieb er noch sitzen und die Tränen liefen ihm fortwährend über die Wangen. Seit 30 Jahren hatte er nicht mehr geweint und mit jeder Träne wurde sein schweres Herz leichter.

Wer Schmetterlinge lachen hört,
der weiß, wie Wolken schmecken,
der wird im Mondschein
ungestört von Furcht,
die Nacht entdecken.

Der wird zur Pflanze, wenn er will,
zum Tier, zum Narr, zum Weisen,
und kann in einer Stunde
durchs ganze Weltall reisen.

Er weiß, dass er nichts weiß,
wie alle andern auch nichts wissen,
nur weiß er was die anderen
und er noch lernen müssen.

Wer in sich fremde Ufer spürt,
und Mut hat sich zu recken,
der wird allmählich ungestört,
von Furcht sich selbst entdecken.

Abwärts zu den Gipfeln
seiner selbst blickt er hinauf,
den Kampf mit seiner Unterwelt,
nimmt er gelassen auf.

Wer Schmetterlinge lachen hört,
der weiß wie Wolken schmecken,
der wird im Mondschein,
ungestört von Furcht,
die Nacht entdecken.

Der mit sich selbst in Frieden lebt,
der wird genauso sterben,
und ist selbst dann lebendiger,
als alle seine Erben.

(Novalis)

Auf dem Weg ins Land der Hoffnung

Wie schön wäre es doch zu Hause, dachte Sarid. Warum hatte er seine Heimat bloß verlassen. Er wollte für sich und seine Familie sorgen und nahm die Strapazen und Gefahren auf sich. Nun lag er hier im Krankenhaus in Spanien und hatte auch noch ein Bein verloren. Jetzt als Krüppel, würde er nie und nimmer einen Job bekommen und außerdem würden sie ihn sowieso abschieben. Alles war umsonst. Warum war er nur so dumm gewesen und hatte sich von Karim und Lamine zu dieser Reise überreden lassen. Sie hatten ihm vorgeschwärmt, von ihrem Freund Mamadou, der in die Ferne über das Meer gereist und nun reich war. Lamine war jetzt tot und Karim lag im Bett nebenan und stierte nur noch an die Decke. Er hatte noch kein Wort mit ihm geredet, seit sie hier im Krankenhaus waren. Schon in dem kleinen, völlig überfülltem Boot hatte er nach drei Nächten nicht mehr mit den Anderen geredet. Aber das fiel nicht weiter auf, da inzwischen die meisten verstummt waren. Das Trinkwasser, das sie dabei hatten, würde höchstens fünf Tage reichen und sie wussten, wenn sie es bis dahin nicht geschafft hatten, würden sie alle verdursten und jämmerlich zu Grunde gehen.

Schon am siebten Tag waren zwei von den sechzehn Überlebenden tot. Einer war über Bord gesprungen und Jussov war einfach mit offenen Augen dagelegen. Eigentlich war er stämmig gewesen und relativ gut genährt, jedenfalls hatte er mehr auf den Rippen, als die anderen. Trotzdem hatte es ihn erwischt. Vermutlich hatte er heimlich Salzwasser getrunken.

Sarid spürte kein Mitgefühl mehr mit seinen Kameraden, er hatte genug zu tun mit dem Schmerz in seinem rechten Oberschenkel. Schon vor der Abreise hatte er da eine schlecht heilende Wunde, die sich nun immer mehr entzündete. Wahrscheinlich war Schmutz hineingekommen und das Bein schmerzte grässlich. Wenn er jetzt noch eine Blutvergiftung bekommen würde, war es auch für ihn vorbei.

Am zehnten Tag hatte sie ein Fischkutter entdeckt, aufgenommen und mit dem Nötigsten versorgt. Da lag er aber schon mit Fieber in dem kleinen Boot. Außer ihm waren nur noch vier Überlebende, einer davon war Karim. Sie wurden in einem Krankenhaus an der spanischen Küste aufgenommen und dort erwachte er nach seiner Amputation wieder. Sein Bein war nicht mehr zu retten gewesen. Und dabei hatte es ihn noch nicht so schlimm getroffen wie Karim. Der lag wie im Wachkomma. Die Augen zwar offen, aber er sagte keinen Ton und bewegte sich nicht. Die Sprache des Pflegepersonals verstand Sarid nicht und auf seine Fragen antworteten ihm alle nur mit Achselzucken. Niemand verstand sein nicht gerade gutes Französisch und auch sein Bambara nicht. Eines Tages wurden Karim und er abgeholt. Mit einem Krankenwagen fuhren sie an einen Hafen und wurden auf ein Schnellboot der Polizei geladen. Die Überfahrt an die Küste von Marokko dauerte nur Stunden, wo sie bei der Hinfahrt mehr als 10 Tage unterwegs waren. Er würde wieder nach Hause kommen nach Mali, wenigstens nach Hause. An der Küste Marokkos wartete ein Lastwagen. Sie wurden auf diesen, mit anderen dunkelhäutigen Menschen, umgeladen. Es ging holprig weiter. Wie er vermutete, waren sie in der Westsahara. Sie würden ihn nach Hause bringen, war sein letzter Gedanke, bevor er erschöpft einschlief. Als er erwachte, hatten sie angehalten. Sie wurden mit Gesten und arabischen Worten aufgefordert, den Lastwagen zu verlassen.

Sarid konnte es nicht fassen. Er und noch fünf Weitere saßen nun im Sand der Wüste und der Lkw hatte sich entfernt. Sie blickten fassungslos der Staubwolke hinterher. Kein Wasser hatten sie dagelassen und auch kein Essen. Man hatte sie einfach hier abgeladen, wie Müll, zum Tode verurteilt. Als Strafe für ihre Hoffnung auf ein besseres Leben. Sie würden hier zugrunde gehen und Sarid dachte noch, ich werde nicht mehr nach Hause kommen, aber ich gehe zu Mohamed, dem Größten.

„Ich gehe langsam aus der Welt heraus
in eine Landschaft jenseits aller Ferne,
und was ich war und bin und was ich bleibe
geht mit mir ohne Ungeduld und Eile
in ein bisher noch nicht betretenes Land.

Ich gehe langsam aus der Zeit heraus
in eine Zukunft jenseits aller Sterne,
und was ich war und bin und immer bleiben werde
geht mit mir ohne Ungeduld und Eile
als wär ich nie gewesen oder kaum."

(Hans Sahl)

Morgenstund hat Gold im Mund?

Theo streckte sich ausgiebig. Die verdammten Rabenkrähen hatten ihn mal wieder nicht länger schlafen lassen. Fünf Stunden waren einfach zu wenig. Nach einer ausgiebigen Gähnrunde beugte er sich aus dem Fenster im 5. Stock, um nach den lästigen Viechern Ausschau zu halten. Er traute seinen Augen nicht, denn was sich ihm da für ein Schauspiel bot, war mit grauenhaft gar nicht mehr zu betiteln. Dort unten sah er eine Gestalt liegen. Sie hatte die Arme ausgebreitet, als wäre sie ein Vogel. Ihr Gesicht war himmelwärts gerichtet, die grauen Haare lagen wie ein heller Strahlenkranz um sie herum. Auf ihrer Brust saßen drei Rabenkrähen und pickten an dem leblosen Körper herum. Zum Glück war die Entfernung für nähere Details zu groß. Ihm reichte auch schon dieser Anblick am frühen Morgen.

Theo schauderte und er spürte, wie es ihm kalt den Rücken hinunterlief. Wohnte die Frau etwa hier im Hause? Er hatte sie noch nie gesehen und dabei lebte er jetzt schon zwölf Jahre in diesem Hochhaus. Er ging zum Telefon und wählte die 110. „Hier liegt eine Frau im Hof. Offensichtlich ist sie aus dem Fenster gefallen oder gesprungen. Nein, sie ist mit Sicherheit tot.

Grenzweg 12, hinten im Hof." Theo lauschte in den Hörer und beantwortete scheinbar ein paar Fragen: „Ja, ich wohne hier. Nein, ich weiß nicht wie die Frau heißt. Theo Wiegant, ich wohne im 5. Stock. Die Raben picken auf der Frau rum. Ja, natürlich, ich bleibe. Läuten Sie bei T. Wiegant, ich habe heute frei." Irgendwie erleichtert legte er auf. Sein Magen entspannte sich mit einem Knurren. An Frühstück mochte er jetzt gar nicht denken. Er schloss das Fenster, ohne noch einmal hinunterzuschauen. Einmal am frühen Morgen so ein Szenario, das reichte ihm.

Am nächsten Morgen wachte er spät auf, am Vorabend war er lange nicht eingeschlafen. Nach dem Zähneputzen setzte er sich an den Frühstückstisch. Er hatte heute kein Bedürfnis, einen Blick aus dem Fenster zu werfen. Es reichte ihm die Erinnerung an diesen Morgenschock vom Vortag. Die neugierigen Gaffer vom Hause hatten sich, nachdem die Polizei eingetroffen war, in Scharen im Hofe versammelt, um aus der Nähe einen Blick auf die alte Frau zu werfen. Er schüttelte all das ab und biss in sein frisches Brötchen mit Marmelade. Er schlug die Zeitung auf und auf der dritten Seite, in Großaufnahme, sprang ihm das Bild dieser Frau ins Gesicht. Weitaus näher als er es von seinem Fenster aus gesehen hatte, blickte er nun auf das Gesicht der vielleicht 70-jährigen Frau. Die Augen bestanden nur noch aus blutigen Höhlen. Darunter las er den Artikel:

72-Jährige sprang aus Verzweiflung aus dem 8. Stock ihrer Wohnung. Sie wohnte seit über 40 Jahren in dem Haus, aber keiner kannte sie. Niemand wusste, dass sie mit ihrer kleinen Rente schon lange nicht mehr zurecht kam. Ihre Wohnung hinterließ sie blitzblank, Kühlschrank und Lebensmittelschränke waren total leer. Sie musste wohl schon länger nichts mehr gegessen haben.

Betroffen legte er sein dick mit Butter und Marmelade beschmiertes Vollkornbrötchen neben seinen Kaffeebecher und schaute auf den reichhaltig gedeckten Tisch mit Käse, Wurst, Brotaufstrichen und Sahne. An diesem Tag brachte Theo keinen Bissen mehr hinunter.

Wie wenn das Leben wär nichts anderes
als das Verbrennen eines Lichts!
Verloren geht kein einzig Teilchen,
jedoch wir selber gehen ins Nichts!

Denn was wir Leib und Seele nennen,

so fest in eins gestaltet kaum

es löst sich auf in tausend Teilchen

und wimmelt durch den öden Raum.

Es waltet stets dasselbe Leben.

Natur geht ihren ewigen Lauf;

in tausend neu erschaffnen Wesen

stehen diese tausend Teilchen auf.

(Theodor Storm)

Die Schwingen des Kondors

Severina glitt auf ihren Skiern dahin, nein, sie flog eher. Das kleine Gläschen Rotwein hatte ihre sonstige Angst vor der Abfahrt völlig eliminiert. Sie fühlte sich wie in einem Rausch und der kam ganz bestimmt nicht von dem getrunkenen Wein. Sie flitzte den steilen Abhang hinab und die Bögen fuhr sie wie eine Rennfahrerin. Bei jedem Bogen, mit dem sie die Richtung änderte, staubte sich eine Schneewolke unter ihren Skiern und sie verschwand kurze Zeit darin. Noch nie hatte sie sich so gefühlt. Eine unglaubliche Leichtigkeit nahm von ihr Besitz und es kam ihr so vor, als gäbe es keine Grenzen, weder in ihrem physischen Körper, noch durch die Schwerkraft.

Und so flog sie dann auch weit hinaus, so dass sie nicht die Gefahr wahrnahm, als sich plötzlich ein Abgrund auftat. Sie schnellte mit Lust in die kalte Morgenluft hinein. Sie flog nun wirklich und sie kostete den Flug mit jeder Faser ihres Körpers und ihrer Seele aus. Die Zeit schien beinahe stillzustehen und sie fühlte sich wie ein Kondor, der im Zeitlupentempo über dem Krater schwebte. Langsam, unendlich langsam, schwebte sie auf den mit Schnee bedecktem felsigen Untergrund zu, aus dem etliche Felsspitzen herausragten, grau und warnend.

Erst die letzten drei Meter begriff etwas in ihr, dass sie vielleicht zu weit gegangen war, dass sie es war, die ihr Schicksal herausgefordert hatte. Sie blickte noch einmal auf die genau vor ihr am Himmel hängende Sonne, an diesem wundervollen, klaren Himmel an jenem Wintermorgen und selbst jetzt fühlte sie immer noch die große Dankbarkeit über diese mit Wundern gefüllte Welt.

Als sie aufprallte und ihre Knochen innerhalb einer Zehntelsekunde zerbarsten, fühlte sie keinen Schmerz. In der gleichen Sekunde des Aufpralls fühlte sie sich auch schon wieder schwebend über ihrem Körper und flog weiter ohne Bedauern in den sagenhaft wundervollen blauen Himmel, der Sonne entgegen.

Die Grenze

wo es kein Zurück mehr gibt

wo du am Ziel bist

wo Gestriges verblasst

wo es aufgefangen wird

hinter der Grenze

des Vergänglichen

(unbekannt)

Eine Geschichte ohne Bedeutung

Eleonore hatte es satt. Sie wollte sich nicht länger schlecht fühlen. Sie würde jetzt kompatibel werden für die Welt und für die Menschen. Sie würde immer lächeln und sie würde ein leuchtendes Beispiel dafür sein, dass sie auf dem richtigen Weg war, denn jeder würde es sehen: Ihr ging es gut. Also machte sie es richtig.

Anderen würde sie mit guten Ratschlägen helfen, darin war sie sehr gut. Sie würde wieder die intelligente Frau sein, für die sie andere hielten und die für alle immer eine Lösung hatte. Und so war es auch. Sie fand für alle möglichen Probleme und Problemchen immer einen Ausweg und konnte auch die Traurigen, die Verzweifelten, die Kranken aufmuntern. Allen die zu ihr kamen, schenkte sie ihre Aufmerksamkeit und Zuwendung. Sie war sehr beliebt und die Menschen, denen sie half und lange zuhörte, hielten Lobreden über sie und sie waren ihr sehr dankbar. So war sie eigentlich ganz zufrieden, denn die sonstige Qual hatte nachgelassen.

Allmählich fühlte sie sich immer besser und fand, dass sie ihre Sache eigentlich sehr gut machte. Sie war angesehen und da sie an niemanden irgendwelche Ansprüche hatte, beanstandete auch niemand etwas an ihr. Das tat ihr wirklich gut. Aber manchmal, ganz im Stillen beschlich sie doch ein schales Gefühl und sie wurde den Eindruck nicht los, dass sie eine Lügnerin war. Schließlich vermittelte sie den anderen ja ein einseitiges Bild. Sie war die Große, Kluge, Wissende und die anderen die Kranken, Kaputten, Problembeladenen, die alles falsch machten. Zumindest schien in dieser Welt alles so zu sein. Die, die scheinbar keine Schwierigkeiten im Leben hatten, waren die Angesehenen und niemand hatte den Verdacht, dass mit ihnen irgendetwas nicht in Ordnung sein könnte. Schließlich ging es ja den Anderen schlecht und die mussten ja wohl etwas verkehrt machen.

Mit ihren fast 70 Jahren konnte sie es sich auch nicht mehr leisten, anders als abgeklärt und weise zu wirken. Und sie war eigentlich ganz zufrieden, dass sie gewisse andere Teile so perfekt abdrängen konnte, dass sie, sie fast gar nicht mehr wahrnahm. Sie schimpfte sich heimlich immer noch, dass sie so bescheuert war und gedacht hatte, sie könnte auch ihre „Untergrundgefühle" aus ihrem Gefängnis lassen, so wie andere das taten. Sie hatte doch tatsächlich einmal gedacht, nein schon ein paar Mal in ihrem Leben, dass sie auch geheilt werden könnte. Nun, es war hart gewesen und es hat lange gedauert, bis sie begriff, dass sie offensichtlich anders gestrickt war als andere Menschen. Dass es unmöglich war. Wahrscheinlich war sie verflucht oder so etwas. Jedenfalls wurde sie diese Seite niemals los, was immer sie auch anstellte und dabei war sie wirklich kreativ darin gewesen und hatte 1000 Möglichkeiten ausprobiert. Letztlich wurde immer alles schlimmer, wenn sie versuchte ihre eigenen Gefühle zu heilen.

Vielleicht war sie ja von einem anderen Stern heruntergefallen. Doch eines war sicher. Sollte es noch mehr Menschen auf diesem Planeten gegeben haben, die so sehr litten, dann waren sie ganz bestimmt nicht so alt geworden wie sie. Das war doch auch schon was. Sie hatte endlos lange durchgehalten. Lange würde es ja nicht mehr dauern und sie würde abgeholt werden, von wem auch immer.

Ihre einzige und stille Hoffnung, die sie noch hatte, war, dass wenn es Zeit war und sie ihre letzte Erdenminute atmete, dann ein Wesen kam und sie mitnahm in eine andere Welt. Sie dann endlich erfahren würde, warum sie ausgerechnet unter diesen seltsamen Erdenwesen gelandet war, die doch so anders funktionierten wie sie. Ihre größte Sehnsucht war nur noch, dass sie endlich den Grund erfuhr, warum man sie hier als Fremde eingeschmuggelt hatte.

Eleonore tat diesen letzten Atemzug an einem Freitag, den 13., das war mal wieder typisch für sie. Sie starb an einem Krebs an der Bauchspeicheldrüse. Ihr Sterben war ebenso qualvoll und lange wie ihr Leben. Auch zum Schluss zeigte sie niemanden mehr ihre Schmerzen.

Eleonore wurde an diesem Tag tatsächlich abgeholt von einem riesigen Raumschiff, das hell im Sonnenlicht leuchtete. Es stiegen drei seltsame Wesen aus, wie sie noch nie auf der Erde gesehen worden waren. Sie trugen goldene Raumanzüge und waren beinahe doppelt so groß wie die Menschen im Allgemeinen. Unter den Helmen konnte man nicht genau erkennen, wie sie aussahen. Einige von den Beobachtern glaubten, katzenähnliche Köpfe erkannt zu haben. Diese Wesen konnten offensichtlich den Körper von Eleonore, ohne ihn zu berühren, mit Lichtstrahlen zum Schweben bringen. So schwebte die tote Eleonore in das Raumschiff und flog fort und niemand wusste wohin.

Die Menschen, die das Ganze beobachtet hatten, tuschelten und man hörte vielerlei Stimmen: „Ja, sie war noch nie richtig eine von

uns." „Stimmt, sie hatte keine Probleme wie wir."
„Sie hat es gut gehabt, nie hat sie sich mit diesen
Schwierigkeiten herumschlagen müssen wie wir."
„Sie war eben von einem anderen Stern..."

Schwarzer Vogel

Schwarzer Samt liegt über allem
dumpf ist das Hören, nebelig das Sehen,
das Fühlen ist gottlob verendet.

Der schwarze Vogel hat mich heut Nacht
besucht,
zärtlich hat er mir mit dem Schnabel in die Wange
gepickt
als forderte er mich auf mitzukommen auf die
lange Reise.

Sie wollen Dich nicht flüstert er ganz vorsichtig
und leise.
Vergiss sie doch, all jene, die nicht wirklich lieben
können.

Sie haben keine Träne von Dir verdient – nicht
eine.

Du Guter, ich danke Dir für Dein Mitgefühl und
Deinen Trost.
Ich muss doch treu sein – über den Tod hinaus –
Das ist Liebe – verstehst Du das, Du lieber
Vogelfreund?

(M.H.)

90

Mädchen, Mädchen, dreh Dich nicht um

Kleine Sterne zuckten auf, als Andria den Lichtschalter berührte. Für einen Moment fühlte sie nur Erstaunen, dann Schmerz. Sie fühlte sich hochgehoben, frei schwebend und sah mit noch größerem Staunen ein Mädchen im blauen Kleid ausgestreckt auf dem Fliesenboden liegen. Sie kannte das Kleid und auch das Mädchen kam ihr irgendwie bekannt vor, aber sie kam jetzt nicht drauf. Andria wurde abgelenkt von einer funkelnden, hellen Frauengestalt mit einem blass-violetten wunderschönen Kleid, die ihr winkte.

Die Frau lächelte sie liebevoll an und so folgte ihr Andria gerne. Denn mit so viel Liebe hatte sie noch nie jemand angeschaut. Sie spürte wie unter diesem Lächeln ihr Herz sich öffnete, ganz weit wurde es und warm und es war ihr als würde ihr Herz ebenso leuchten und funkeln wie dieses Wesen vor ihr. Sie fühlte sich herrlich verbunden und geborgen. Andria ging hinter der hochgewachsenen Gestalt einher und konnte nicht widerstehen, das silberne goldene Kleid vorsichtig anzufassen. So ein schönes Kleid hätte sie auch gerne gehabt. Die lächelnde Frau drehte sich um und Andria dachte schon sie würde gleich schimpfen, aber stattdessen reichte sie ihr die Hand und sie gingen so weiter, nun nebeneinander. Andria fühlte sich glücklich an dieser Hand, spürte sie doch, wie ein warmes Strömen von der Hand ausging und direkt in ihrem Herzen landete. Eine schwarz-weiße Katze begegnete ihnen und Andria schrie kurz auf, weil sie in ihr Minusch erkannte. Andria bückte sich zu ihr hinab und diese strich schnurrend über ihre Beine. Oh, wie freute sich Andria über dieses Wiedersehen. Dann wurde sie abgelenkt von einer hellen Gestalt, in der sie ihre Großmutter erkannte, die sie sehr liebte. Allmählich begriff Andria, dass sie wohl im Totenreich war, denn sowohl ihre Großmutter als auch Minusch waren bereits gestorben. Sie dachte kurz an ihren Vater, ihre fünf Geschwister, die dort waren, wo sie herkam und sie spürte deutlich, wie sie nicht mehr dorthin zurück wollte. Hier war es so schön und in ihrem Zuhause hatte sie sehr selten so schöne Augenblicke seit ihre Großmutter hierher gegangen war. Nein, sie wollte nicht zurück und lief auf ihre Großmutter zu, die im hellen Licht stand und die Arme ausbreitete. In dieser Umarmung ertrank sie vor Glück. Wie war sie doch traurig gewesen, als sie hinter dem Sarg herging. Die Oma aber hielt sie nach einer Weile auf Armlänge von sich weg und während die geliebte Großmutter sie lächelnd ansah, hörte sie ihre Worte: „Es ist noch nicht Zeit, Liebes. Kehre zurück in Dein Leben, helfe Deinem Vater und Deinen Geschwistern. Ich weiß es ist schwer, aber ich werde hier warten und nach einer kurzen Weile wirst Du mich wiedersehen."

Flehend blickte Andria in die warmherzigen Augen der Mutter ihres Vaters und alles in ihr schrie: „Nein", doch sie wusste, sie muss sich fügen und mit herzzerreißendem Schluchzen drehte sie sich um. Sie ging mit schwerfälligen Schritten zurück. Sie fühlte sich wie mit einem Gummiband gezogen und sie hörte die Stimme ihrer Oma im Rücken, die summte: „Mädchen, Mädchen dreh dich nicht um!" Andria erwachte, immer noch am Boden liegend und als sie sich aufrichtete, spürte sie, dass ihr Gesicht ganz nass war. Andria lebte ihre ganze Kindheit noch in dieser Sehnsucht nach dem Erlebten und manchmal wenn der Schmerz zu stark wurde in dieser Welt, schlich sie sich zu dem immer noch defektem Schalter und hielt die Finger hinein.

Niemand kennt den Tod.
Es weiß auch keiner,
ob er nicht das größte Geschenk
für den Menschen ist.

(unbekannt)

Jamila

Großer Gott, schon wieder war kein Wasser mehr da. Wie sollte das weitergehen? Jamila nahm den kleinen Kito an die Hand, in der anderen hielt sie den großen zerbeulten Topf und machte sich auf den Weg. Während Jamila den langen Weg barfüßig antrat, jammerte ihr dreijähriger Sohn schon nach wenigen Metern. Kein Wunder, es steckte ein kleiner Dorn in seiner Fußsohle. Zuerst achtete sie nicht auf sein Weinen. Sie tat, als würde sie es nicht hören und zerrte den Kleinen noch einige Meter weiter.

Es fiel ihr nicht leicht, dies zu tun, aber wenn man im Savannenland lebte, durfte man nicht wegen jeder Kleinigkeit nachgeben. Das brachten die Mütter ihren Kindern schon sehr bald bei. Das Leben in Mali war hart. Schließlich ließ sie sich erweichen. Sie erlaubte Kito, sich zu setzen und untersuchte sein Füßchen. Inzwischen war der Dorn schon weit hineingetreten und sie saugte daran, damit sie den Dorn zu fassen bekam. Nach einer Viertelstunde endlich hatte sie ihren Sohn davon befreit und humpelnd folgte er ihr. Auf Kitos staubigen Gesichtchen waren die Spuren der Tränen immer noch zu sehen. Er fühlte sich verlassen, obwohl seine Mutter keine drei Meter vor ihm herging. Er sah auf ihren Rücken und hatte Mühe, ihr mit seinen kleinen Füßchen zu folgen. Zumal ihm die Stelle, wo er sich den Dorn eingetreten hatte, immer noch schmerzte. Er hätte gerne laut geweint, aber er wusste, es war nicht erwünscht und seine Mutter würde sich wahrscheinlich nicht einmal umdrehen.

Kito hatte Mühe damit, ein tapferer Junge zu sein und er war froh, als die Mutter endlich stehen blieb, denn der Abstand hatte sich immer mehr vergrößert. Ein umgestürzter Baum war ihr Rastplatz für wenige Minuten. Er gab ein wenig Schatten und Kito durfte an der schlaffen Brust seiner Mutter trinken. Viel bekam er nicht mehr heraus, aber es war tröstlich, daran zu saugen.

Kurze Zeit später waren die beiden wieder auf den Füßen und diesmal durfte er wieder eine Weile an der Hand seiner Mutter gehen, was das Laufen ein wenig erleichterte. Nach mehr als zwei Stunden hatten sie endlich den Fluss erreicht. Er sah wie seine Mutter den Topf auswusch, um ihn dann mit dem kühlen Wasser zu füllen. Sie stellte ihn ans Ufer und winkte Kito heran. Er lief zu ihr und wusste, nun durfte auch er ins Wasser. Er ließ seine wenigen Kleider fallen, um sich von seiner Mutter von Kopf bis Fuß von Staub und Schmutz reinigen zu lassen.

Wunderbar fühlte sich das kühle Nass an und

mit strahlendem Gesichtchen patschte er mit seinen kleinen Händchen auf die glitzernde Wasseroberfläche. Dann war der kurze Augenblick der Freude auch schon vorbei. Seine Mutter deutete ihm, ans Ufer zu gehen. Kito setzte sich in den Ufersand, während die Mutter seine abgelegten Kleider wusch. Er beobachtete das träge dahin fließende Wasser und sah einen Baumstamm entlang schwimmen. Er streckte seinen kleinen Finger aus und zeigte auf den schwimmenden Stamm, aber seine Mutter beachtete ihn nicht. Dann sah er wie der Stamm plötzlich seine Richtung änderte und auf Jamila zuschwamm. Im nächsten Augenblick verschwand seine Mutter im Wasser. Das Wasser färbte sich blutrot, kräuselte sich und auch der Baumstamm war verschwunden. Kito starrte auf die Stelle, wo seine Mutter noch vor wenigen Sekunden gestanden hatte und begriff nicht, was geschehen war. Als die Sonne sich am Horizont orange über das Wasser ausbreitete, saß der kleine Kito immer noch nackt am Ufer und wartete.

Wer im Gedächtnis seiner Lieben lebt,
der ist nicht tot, der ist nur fern.
Tot ist nur, wer vergessen wird.

(Joseph Christian Freiherr von Zedlitz)

Blinde Wut

Mädchen, was hast du wieder angestellt. Meridith sprach mit sich selbst. Sie schalt sich, denn sie schaffte es einfach nicht, ihm aus dem Weg zu gehen. Sie wusste genau, dass alles nur schlimmer wurde, wenn sie seine Gegenwart nicht mied. Aber sie konnte nicht anders. Ein ungeheurer Drang war in ihr, doch noch alles ins Lot zu bringen. Mit diesem Druck in sich, überhaupt zu handeln, war wirklich kontra indiziert. Nun, sie musste tun, was sie nicht lassen konnte. Es zu verschlimmern war ohnehin kaum noch möglich, also sollte es so sein.

Sie setzte sich ins Auto und machte sich auf den Weg zu Elmars Wohnung. Sie läutete an der Türe, trat aber vom Spion weg, denn sie wusste genau, er würde ihr nicht öffnen, wenn er sie dort sah. Es gelang, er öffnete die Türe und starrte sie an: „Was willst Du?"

„Mit dir reden!" „Das bringt nichts, das haben wir schon zur Genüge probiert, findest Du nicht?" Eiskalt hatte er ihr diesen Satz hingeworfen. „Doch, wenn wir es beide wirklich wollen, schon", erwiderte Meridith. „Ich will es aber nicht", schmetterte er ihr entgegen. „Ich gehe jetzt wieder hinein." Bevor er die Türe schloss, schrie sie ihm noch nach: „Gut, Du wirst schon sehen."

Sie war kurz vor der Explosion, als sie die Treppe zur Ausgangstüre hinunter ging. Die Tränen liefen ihr über die Wangen und sie hätte beinahe die letzte Stufe übersehen, vor lauter Schleier vor den Augen.

Wie ein Automat ging sie zum Auto. Sie fühlte nichts, als sie reglos hinter dem Steuer saß und vor sich hinstarrte. Eine halbe Stunde saß sie so, wie in Trance.

Dann beobachtete sie, wie ihr Freund aus dem Haus kam und im Begriff war, acht Meter vor ihr die Straße zu überqueren. Sie startete den Motor und etwas in ihr trat auf das Gas. Der Wagen schoss auf die Gestalt zu.

Es holperte stark, als sie über den Körper fuhr. Sie hielt nicht an, schaute nicht zurück. Sie raste weiter. Allmählich beruhigte sie sich und als sie das Schild „Polizei" las, hielt sie den Wagen an, stieg aus dem Auto und ging wie ein Roboter in die Polizeistation.

An den erstbesten Polizisten richtete sie die Worte: „Ich habe einen Mann überfahren." Dann verlor sie das Bewusstsein und brach auf dem schachbrettartigen Fliesenboden zusammen.

Im Krankenbett las sie am nächsten Morgen die Tageszeitung. Gleich auf der ersten Seite prangte die Überschrift: „Junge Frau überfuhr einen Passanten." Sie las wie gelähmt den Text.

Wieso stand da Peter K.? Ein Druckfehler? Sie wusste es genau, sie hatte ihren Ex-Freund umgefahren und der hieß Elmar W..

Wohin nur?

Wohin bin ich nur geraten?
Sag mir, – wohin nur?
Hab wohl die falsche Tür genommen.
Als ich ins Sternenland wollte.
Die „rechte" wär's gewesen.
Doch ich nahm die Luke nach unten.

Den Rosenstock falsch `rum gepflanzt.
Die Wurzeln oben, die Rosen nach unten.
Nun such ich den Duft der Blüten
unter der Erde.

(M.H.)

Schmetterlinge, überall Schmetterlinge

Seltsam war das anzusehen. In allen Farben und Farbtönen leuchteten die Schwärme von diesen wunderschön anzusehenden Insekten. Insekten, was für ein hässliches Wort für so schöne Traumgeschöpfe.

Malika stand da, mit weit geöffneten Armen und staunte über diese Vielfalt. Auf ihren Handflächen, Schultern und auf ihren Haaren hatten sich viele der Schmetterlinge niedergelassen. Sogar auf ihrer Nase saß ein prächtiger, hellblauer Falter mit riesigen Augenabbildungen. Malika wagte nicht zu atmen und schielte auf das vibrierende Geschöpf und glitt in eine Art Trance. Sie wurde selbst zu diesem Schmetterling, dessen blaue Flügel sich schlossen und öffneten. Jedes Schwingen wurde zu ihrem Atem und sie fühlte sich federleicht und frei. Malika vergaß, dass sie ein Mädchen war, vergaß, dass ihre Hautfarbe braun war, vergaß dass sie menschliche Bedürfnisse hatte, zum Beispiel, zu atmen und sich zu bewegen, in diesem menschlichen Körper. So stand sie endlos lange, völlig entrückt, in die Verwandlung zu einem pastellblauen Flügeltieres, atemlos, bewegungslos. In diesen Sekunden, vielleicht Minuten, blieb für Malika die Welt, wie sie sie kannte, stehen und auch die Zeit wurde dehnbar. Sie spürte wie, die Seele vereint mit diesem Schmetterlingsdasein, ihre ganze Energie, in das sanfte Pumpen der Flügel, hinüberglitt und sie spürte die Freiheit vom körperlichen Dasein. Entrückt von jeglichen Körpergefühlen, in völliger Freiheit, schwebte sie schließlich mit dem leichten Geschöpf glücklich davon, als es sich endlich von ihrer Nase erhob.

Von oben sah sie kurz die uninteressante Gestalt eines 8-jährigen Mädchens, das mit erhobenen Kopf und ausgebreiteten Armen reglos dastand. Sie schwebte weiter in ihrem wunderschönen, leichten Schmetterlingskörper, ließ sich vom Winde tragen und flog tanzend von Blüte zu Blüte. Sie sog die lieblichen Düfte ein und saugte zart an den Blütenstaub überzogenen Stempeln der Blumen. Plötzlich spürte der hellblaue Schmetterling ein seltsames Zittern und Kribbeln. Es wurde stärker und beherrschender, kaum noch aushaltbar und sie flog, wie trunken durch die Lüfte, wurde angezogen von diesem vorhin achtlos zurückgelassenen Körper, der sie nun immer mehr in Bann zog. Sie flog wie angesogen, in atemberaubender Geschwindigkeit auf ihn zu und verschmolz mit dem, nun zuckend im Grase liegenden, Kinderkörper.

Malika lag zwischen großen Halmen auf der Erde, immer noch die Arme ausgebreitet und spürte dieses ungewohnte Kribbeln in jeder Pore. Der Schmetterlingsschwarm war nur noch in der Ferne zu sehen und sah aus, wie eine bunte Wolke.

Je länger sie ruhig im Grase lag und ihren tiefen Atem wieder spürte, desto ruhiger wurde sie und das Kribbeln ließ immer mehr nach. Lange noch blieb sie dort im Gras liegen, genoss die tiefe Ruhe in sich, die Sonnenstrahlen auf ihrer Haut, bis sie einschlief.

Malika erwachte von einem dicken einzelnen Regentropfen auf ihrem rechten Augenlid. Sie blinzelte durch das linke Auge und sah über sich eine dunkle Wolke.

Im nächsten Augenblick prasselte der Regen auf sie herab und sie sprang schnell auf, um nach Hause zu laufen. Die Regenzeit hatte begonnen und die Schmetterlinge würden in diesem Jahr nicht mehr wiederkommen.

Nur durch die Liebe und den Tod berührt der Mensch das Unsterbliche.

(Unbekannt)

Wüstenfahrt

Es gibt Tage, da könnte er sich in einem Erdloch verkriechen, dachte Peresi. So ein Tag war heute und es war ihm eigentlich zum Heulen. Aber ein Mann heult nicht und was würde es schon bringen. Zusätzlich zu seinen schwarzen Gedanken, schmerzte ihn auch wieder sein Herz. Wenigstens die Enge war heute nicht da, die sich oft wie ein Eisenring um seine Brust legte und er kaum noch atmen konnte.

Die vielen Untersuchungen bei den Ärzten hatten nichts erbracht. „Ohne Befund" war immer das Ergebnis. Das war nicht besonders hilfreich. Natürlich war im klar, dass seine Herzschmerzen und die Enge auch etwas mit seiner Situation zu tun hatte. Aber es fühlte sich wirklich äußerst physisch an und wirklich bedrohlich.

Die letzte Zeit brachten ihn seine Herzschmerzen immer öfters dazu, Bilanz zu ziehen und sein Leben zu überdenken. Aber es nützte ja nichts, es war nicht zu ändern oder doch?

Nein, er hatte ein Leben ausgelöscht und das war nicht mehr zu ändern. Zwar war es schon viele Jahre her, genau gesagt schon zwei Jahrzehnte, aber die Situation war für ihn immer noch so frisch wie an jenem Tag. Er hatte den

Wagen zu schnell die schlechten Straßen entlang gejagt und die spielenden Kinder zu spät gesehen. Eines davon erfasste sein rechter Kotflügel. Er spürte immer noch den dumpfen Schlag des Schädels an das Blech schlagen und im Rückspiegel sah er den kleinen Körper liegen. Er hatte in seinem Schock nicht mal angehalten, statt auf die Bremse, war er auf das Gaspedal gestiegen und weiter gerast, als wäre der leibhaftige Teufel hinter ihm her.

Und das war er auch, er verfolgte ihn jetzt zwei Jahrzehnte lang. Da halfen keine Gedankenkonstrukte, dass ein Kind in Afrika nicht viel wert war, dass es vielleicht ohnehin verhungert wäre oder an Malaria gestorben, dass ihm ohnehin nicht mehr zu helfen gewesen wäre....

Er ist damals in diesem rasenden Tempo einfach weiter gefahren. Etwas in ihm suchte nach einem Baum, aber weit und breit war nur Savanne und Dornenbüsche waren die einzigen Erhebungen. So flog er dahin, längst nicht mehr auf der Straße, die diesen Namen eigentlich nicht verdiente. Bis er schließlich nahe der Wüste in einem Sandhaufen gestoppt wurde, mit durchdrehenden Rädern.

Erschöpft lag er wie betäubt auf seinem Lenkrad bis die Sonne unterging. Die folgende

Nacht war die schlimmste seines Lebens. Damals fühlte er zum ersten Mal diesen Blechring um seinen Brustkorb, der ihn nie mehr verlassen sollte.

Am nächsten Tag fand ihn ein Fahrer eines Lastwagens, er rettete ihn, nein. Er rettete seinen Körper, aber seine Seele blieb dort am Rande der Wüste, in jener finsteren, eiskalten Nacht.

Jedes Leben macht sich seinen eigenen Tod.

(Christian Friedrich Hebbel)

Walschau

Über die letzte Gelegenheit zu einem Trip auf dem Pazifik, freute sich Esther sehr. Sie durfte teilnehmen an der Sightseeingtour durch die Meere, um Wale und Delfine zu beobachten. Sie packte alles, wovon sie glaubte, dass sie es brauchen würde, auf das Bett. Oje, das war viel zu viel. Zwanzig Kilo waren erlaubt, wie sollte sie das reduzieren? Nachdem es dort warm war, konnte sie Kleidung einsparen. Ihr Buch über die Wale würde sie auch zurücklassen, den Inhalt hatte sie im Kopf. Bei den Toilettenartikeln fiel es ihr schon schwerer. Schließlich war sie nach drei Stunden so weit. Die Waage zeigte endlich 19,5 Kilo. Jetzt wurde es aber Zeit. Der Zubringer zum Flugzeug konnte gleich da sein. Schnell noch einmal die Blumen gießen. Ihre Freundin konnte das in einer Woche übernehmen.

Vier Stunden später saß sie bereits im Flieger. Ihr erster Flug mit so einer großen Maschine und dann auch noch ein Fensterplatz. Sie war wirklich glücklich und konnte nicht genug kriegen von dem Ausblick auf die Landschaften und Wolken. Aber das stundenlange Schauen ermüdete auch ihre Augen und schließlich fiel sie in einen oberflächlichen Schlaf. Sie erwachte von einem Stoß. Als sie die Augen öffnete, sah sie in das Gesicht ihres Sitznachbarn.

Der meinte: „Sie müssen sich anschnallen!" Esther suchte nach dem Gurt und fragte begeistert: „Sind wir schon da?"

„Nein, aber irgendetwas stimmt nicht", erwiderte der sichtbar beunruhigte Mitflieger. Sie blickte aus dem Fenster und stellte fest, dass sie direkt über dem Meer waren und sie flogen ziemlich tief. Man konnte beinahe die Schaumkronen auf den Wellen erkennen. Der neben ihr sitzende Fluggast hatte kleine Schweißperlen auf der Stirn. Esther überlegte, ob sie wirklich in Gefahr waren. Sie war ganz ruhig, erstaunlich ruhig. Sie fühlte sich überhaupt nicht geängstigt. Sie blickte sich um und sah fast ausschließlich verkrampfte Gesichter und konnte ein vielfaches Stimmengewirr ausmachen.

Esther beobachtete das näher kommende Meer. Immer noch konnte sie keine Unruhe in sich bemerken. Sie fühlte sich wie in Trance und blickte fasziniert auf die Meeresoberfläche.

Nun konnte sie sogar schon die weißen Schaumkronen und das Auf und Ab der Wellen erkennen. Und dann, es war kaum zu glauben, sah sie einen Wal. Nein, eine ganze Gruppe von Walen, unglaublich nah und detailliert. Sogar die spritzenden Fontänen sah sie ganz deutlich. Wie in eine lautlose Blase eingehüllt, vernahm sie nicht die Schreckensschreie der anderen Passagiere. Minutiös beobachtete sie die Bewegungen der Wale im Meer. Es schien ihr, als schwimme sie mit und verwandelte sich mehr und mehr in eines der Tiere. Das Flugzeug schien genau auf diese Walfamilie zuzufliegen. Schräg unter ihr konnte sie das Glitzern der nassen Haut erkennen und etwas in ihr glitt mit diesen wunderschönen Tieren auf und ab.

Plötzlich spürte sie, wie ihr Körper an Schwere gewann, während das Flugzeug seine Nase himmelwärts streckte und sie im Bogen aufwärts wieder an Höhe gewannen. Esther erwachte aus ihrer Trance und bedauerte fast, dass der Absturz verhindert worden war. Doch das Wichtigste, sie hatte eine Wal-Sightseeingtour erleben dürfen.

Mondnacht

Es war, als hätt der Himmel
die Erde still geküsst,
dass sie im Blütenschimmer
von ihm nun träumen müsst!

Die Luft ging durch die Felder,
die Ähren wogten sacht,
es rauschten leis die Wälder,
so sternklar war die Nacht.

Und meine Seele spannte
weit ihre Flügel aus,
flog durch die stillen Lande,
als flöge sie nach Haus.

(Joseph von Eichendorff)

Viele Wege führen nach Rom

„Viele Wege führen nach Rom, nicht wahr? Also lassen Sie mir doch meinen Weg, es schadet doch niemanden." Mit stechendem Blick schob der Mann ihr gegenüber die Fahrkarte zu. Er grollte, schließlich hatte er viel Zeit darin investiert, dieser bockigen Frau zu erklären, wie gefährlich es war, dorthin zu fahren. Sollte sie doch machen, was sie wollte, dachte er ärgerlich im Stillen. Er blickte ihr noch nach, wie sie so vornübergebeugt, mit ihrem Wägelchen durch die Bahnhofshalle trippelte. Er hatte sein Möglichstes getan. „Jedem sein Himmelreich oder eben seine Hölle." Er schüttelte weitere Gedanken ab und wandte sich mit einem höflichen Lächeln dem nächsten Kunden zu.

Frau Klara Rotspecht war inzwischen auf dem ihr genannten Bahnsteig angekommen. Sie war immer noch leicht empört über den aufdringlichen Schaltermenschen. Wie konnte sich dieser anmaßen, ihr, einer 82-jährigen, lebenserfahrenen Frau, vorschreiben zu wollen, wohin sie fahren soll oder nicht. Na gut, sie wusste ja, er hatte es gut gemeint. Aber gut gemeint war eben nicht immer gut gekonnt. Er war schließlich höchstens halb so alt wie sie. Sie rollte mit ihrem Wägelchen zur nächsten Bank.

Es würde noch eine Weile dauern bis ihr Zug kam. Sie wollte ihre Beine noch schonen, denn am Zielort musste sie noch eine Weile laufen. Endlich kam der Zug. Ein junger Mann half ihr mit dem Rollwägelchen hinein und sie ergatterte sich auch gleich einen Sitzplatz an der Tür. Es würde eine lange Reise werden und sie versank in den Erinnerungen der Vergangenheit. Dann endlich hörte sie laut und deutlich: „Rottenstein!" Sie machte sich eilig auf zur Ausgangstüre des Zuges. Sie war die Einzige, die an diesem Bahnhof ausstieg. Auch hier war ein hilfsbereiter Schaffner zur Stelle, als sie sich die hohen Stufen auf den Bahnsteig hinunterquälte. „Wohin wollen Sie denn?", fragte der Hilfsbereite voller Sorge. Sie winkte ab und murmelte noch mit einem freundlichen Lächeln ein „Dankeschön", aber sie antwortete ihm nicht. „Warum können sie einen nicht einfach in Ruhe lassen?", dachte Klara. Vor dem Bahnhofsgebäude richtete sie sich erst einmal auf und atmete die Heimatluft tief ein. Ja, das war Rottenstein. Sie erkannte es wieder, es hatte sich zwar einiges verändert, aber so genau kannte sie diesen Ort auch wieder nicht. Sie war ja nicht von hier. Sie musste noch weiter nach Oberstein. Das bestand nur aus ein paar Bauernhöfen und einer Burg, aber sie liebte dieses Fleckchen Erde, denn hier war sie geboren. Sie wollte noch einmal ihr Geburtshäuschen sehen, ehe sie starb.

Sechs Kilometer musste sie noch weiter, um dorthin zukommen. Der Feldweg war für sie beschwerlich zu gehen. Er war beinahe vollständig zugewachsen, nur zwei angedeutete Fahrrinnen waren noch zu erkennen. Ihre Reise war wirklich beschwerlich. Es begegnete ihr niemand. Auf halber Strecke stand zum Glück eine marode Bank, doch sie trug noch. Dort ruhte sie sich aus, holte ihr Butterbrot heraus und trank ein wenig aus ihrer Thermoskanne. Klara Rotspecht schaute lächelnd über die Weizenfelder mit den roten Mohnblumen. Genauso wie damals, dachte sie und sie sah sich als kleines Mädchen mit ihrer Schwester balgend durch die Wiesen und Felder rennen, sich im Kornfeld verstecken sowie auch bei der Kartoffelernte. Viele Kindheitserinnerungen tauchten vor ihrem inneren Auge auf. Dann ermahnte sie sich. Sie musste weiter. Am liebsten wäre sie hier sitzen geblieben. Sie fühlte sich mit einem Mal müde und erschöpft. Ächzend stand sie auf und fiel gleich darauf zu Boden.

Dort fand man sie zwei Tage später neben der Bank liegend. Man holte den Dorfpolizisten von Rottenstein und der kramte in dem Rollwagen nach ihren Papieren. Der ältere Polizist las in ihrem Ausweis: Rotspecht Klara, geboren in Oberstein, am 12.6.1928, Am Blumenweg 13.

Dem Polizisten lief es kalt über den Rücken, heute war der 14.6.2010. Sie war wohl zum Sterben hierher zurückgekommen. Er dachte noch: Gut dass sie nicht weitergekommen war. Es hätte ihr das Herz gebrochen. Denn das Haus am Blumenweg 13 bestand nur noch aus lose herumliegenden Steinen.

Welkes Blatt

Jede Blüte will zur Frucht,
jeder Morgen Abend werden,
Ewiges ist nicht auf Erden
als der Wandel, als die Flucht.

Auch der schönste Sommer will
einmal Herbst und Welke spüren.
Halte, Blatt, geduldig still,
wenn der Wind dich will entführen.

Spiel dein Spiel und wehr dich nicht,
lass es still geschehen.
Lass vom Winde, der dich bricht,
dich nach Hause wehen.

(Hermann Hesse / 1877 – 1962)

Der letzte Weg ins Licht

Sie war erst 6 Jahre alt, irgendwas stimmte nicht. Den Aufenthalt im Krankenhaus war sie gewohnt. Sie kam schon seit 4 Jahren hierher und verbrachte immer wieder einige Wochen hier. Es waren meist schmerzhafte Wochen, aber sie war tapfer, alle sagten das. Aber diesmal war sie schon länger hier und die Ärzte tuschelten immer mit ihren Eltern und auch die Scherze blieben aus. Irgendetwas war diesmal anders. Paula konnte es beinahe körperlich spüren und sah die grauen Wölkchen auf den Stirnen. Auch die sonstigen Farben der Schwestern und Ärzte leuchteten nicht so hell wie sonst, irgendwie trüb. Mutters Farben waren schon lange so und manchmal sah sie gar keine Farben mehr an ihrer geliebten Mam. Aber sogar Vaters hellblau war zu beinahe grau geworden und sie sah in seinen Augen den Kummer. Sie wusste nicht wie sie ihn trösten konnte. Sie versuchte mit ihm das Spiel zu spielen. Es hieß „armer schwarzer Kater" und man musste dabei so viele Grimassen machen, bis der „arme Kater" doch lachen musste. Aber selbst dieses Spiel entlockte ihm kein einziges Lächeln.

Sie sah jetzt öfter einen wunderschönen Engel an der Zimmerdecke schweben und nannte ihn

Raffi, eigentlich hieß er Raphael und er kam zu ihr, weil es ihr Schutzengel war und sie den gleichen Namen trug. Vor allem kam er Nachts, wenn alle Lichter gelöscht waren und nur noch das schwache Lämpchen der Notbeleuchtung ein wenig das Zimmer erhellte.

In dieser Nacht, als sie ihren Paps nicht zum Lachen bringen konnte, stellte sie Raffi viele Fragen: „Warum sind alle so traurig Raffi?" „Kleine Raphaela, Du gehst bald nach Hause in den Himmel." „Aber mein Zuhause ist nicht im Himmel!" „Doch, Liebes, vor 6 Jahren bist Du hierher gekommen. Du wolltest es so, aber jetzt musst Du bald wieder zurück. So hast Du es selbst beschlossen, bevor Du hierher kamst." „Aber ich kann nicht gehen. Mam und Paps sind dann so traurig und ich will nicht, dass sie so traurig sind." „Auch sie waren einverstanden, dass Du kurz nach Deinem 6. Geburtstag wieder gehst. Sie wissen es nur nicht mehr, sie haben es vergessen." „Aber wenn ich dann in den Himmel gehe, werde ich auch ganz traurig sein, nicht wahr?" „Nein, jedenfalls nicht lange, nur beim Abschied, danach freust Du Dich wieder zurückzukehren und Deinen Freunden und den anderen Seelenteilen von Dir zu erzählen, was Du erlebt und gelernt hast. Sie warten schon alle sehnsüchtig auf Dich. Hab keine Angst, es wird

Dir nichts geschehen. Es wird alles gut werden, vertrau mir!"

Raphaela war müde geworden, irgendwie beruhigt schlief sie ein. Am Morgen waren ihre Eltern wieder da. Sie umarmte beide ganz fest und sagte mit fester Stimme: „Mumi und Paps, ich gehe bald mit Raffi und das ist gar nicht schlimm." Die Eltern schauten sich an und wussten nicht, was sie darauf erwidern sollten. Sie lasen ihr aus dem Lieblingsbuch des Regenbogenfisches vor und Raphaela sah wie Mamas Augen ganz wässrig wurden. Raphaela fühlte sich schwächer als sonst und irgendwie wurde es dunkler um sie herum, obwohl sie sehen konnte, dass die Sonne draußen schien. Sie konnte Raffi sehen und sprach mit ihm: „Hallo Raffi, nimmst Du mich jetzt mit?" „Nein Liebes, Deine Eltern brauchen noch ein wenig Zeit für den Abschied. Vielleicht magst Du ihnen noch ein wenig helfen?" „Ich weiß aber nicht wie." „Doch, Du weißt es, fühle einfach tief in Deinem Herzen, dann weißt Du, wie Du helfen kannst." Raphaela fühlte tief in ihrem Herzen nach und wusste es plötzlich und rief ganz aufgeregt: „Mumile und Paps, wenn ich im Himmel bin und ihr wissen wollt, ob es mir gut geht, dann hört ganz genau hin und ihr werdet ein Glöckchen hören. Ihr müsst ganz, ganz genau zuhören und wenn ihr es hört, schließt ihr die Augen und ich rufe Euch, was in Euer Herz und ihr werdet wissen, dass wir immer noch zusammen sind."

Raphaela und ihre Eltern brauchten noch drei Tage für ihren Abschied, dann schlief sie in den Armen von Raffi ein und wurde fortgetragen. Direkt hinein in den Regenbogen, wo ihre Freunde schon auf sie warteten. Ihre Eltern gingen niedergedrückt nach Hause und waren untröstlich. Sie schlichen in der Wohnung herum und fanden keine Worte füreinander. Nach der Beerdigung, als sie erschöpft nach Hause kamen und sich in die Couch fallen ließen rief die Mutter plötzlich: „Hörst Du, da ist ein Glöckchen. Nein, mehrere." Der Vater horchte angestrengt, schließlich vernahm er es auch, er ging dem Ton nach, öffnete die Türe zur Terrasse und sie hörten ganz deutlich den Glockenton und er kam von dem Windspiel auf der Terrasse. Und beide schlossen die Augen und hörten nach innen und sie hörten ein glockenhelles Lachen und ein Wort: „Siehste!"

Dort oben werden wir gehen, du und ich

Hand in Hand werden wir gehen,

du und ich

Die Milchstraße entlang werden wir gehen,

du und ich

auf dem Blumenpfad werden wir gehen, du und ich

Wir werden Blumen pflücken auf unserem Weg,

du und ich

(Indianertrauerspruch)

„Karl der Pechvogel"

Frisch und fröhlich marschierte der kleine Trupp durch die Ebene. Noch machte ihnen die Hitze nichts aus. Es schien sie, die Aussicht auf ein kühles Bad im Meer zu beflügeln. Jetzt, am späten Vormittag, streifte sie noch ab und zu ein kühles Lüftchen und mit dem Frühstück im Leib, fühlten sie sich kräftig und waren voller Zuversicht.

Elmar stimmte ein Liedchen an, das er aus Kindertagen kannte, aber niemand von seinen Freunden stimmte mit ein, sie fanden es wohl zu kindisch. Karl blieb ein wenig zurück, er musste die Schuhbänder seiner Stiefel zubinden und das war gar nicht so leicht, bei den aus-gefransten Dingern. Endlich hatte er sie wieder zu und sah, dass die Freunde schon ziemlich weit vorangekommen waren. Aber er spürte keinen Impuls hinterher zu rennen. Im normalen Tempo folgte er ihnen. Als er die kleine Gruppe vor sich so beobachtete, wie sie im Gleichschritt flott voranschritten, die Gewehre geschultert, fiel ihm plötzlich siedend heiß ein: Das Gewehr! Wo war sein Gewehr? Er musste es beim Binden der Schuhe ins Gras gelegt haben und danach, ohne es, weitergelaufen sein.

Der Schreck legte sich auf seine Magengrube,

die sich wie ein Klumpen anfühlte. Er musste zurück, so schnell er konnte. Er hätte den Anderen gerne Bescheid gegeben, aber sie waren schon zu weit weg und drehten sich auch nicht um. Also wendete er und stapfte zurück. Karl wusste nur ungefähr, wo er sein Schuhband gebunden hatte. Da sie querfeldein gegangen waren, gab es da leider keinen Weg, dem er hätte folgen können. Panik erfasste ihn. Und wenn er es nicht mehr fand? Er würde wohl an die Wand gestellt werden, so wie die Fahnenflüchtigen. Zwei Stunden irrte er umher, suchend nach der verlorenen Waffe. Die Sonne brannte nun unbarmherzig auf ihn herab, er trank den Rest aus seiner Wasserflasche. Doch das Gewehr blieb unauffindbar. Karl gab auf und beschloss seinen Gefährten trotzdem zu folgen. Sie würden nach dem Bad im Meer ohnehin noch bis zur Dunkelheit auf das Schiff warten müssen, das sie abholen sollte.

Die Sechzehnjährigen waren als Nachschub angefordert worden. „Denen ging langsam das Kanonenfutter aus", dachte Karl und schritt zügig aus, schließlich wollte er noch vor der Dunkelheit dort ankommen. Er hatte schon ca. vier Stunden Zeit verloren. Immer ihm passierte so etwas, er war ein richtiger Pechvogel. Von Weitem konnte er in der Dämmerung endlich das Meer erkennen. Er würde die letzten vier oder fünf Kilometer im Dauerlauf zurücklegen müssen, denn ihm war, als hätte er ein Schiff am dunstigen Horizont erkannt. Er lief schon eine Viertelstunde, als ihm die Dunkelheit weitere Beobachtungen verwehrte. Er hörte auch so etwas wie Gewehrsalven. Diese Idioten, dachte Karl, ballerten herum, ohne Sinn und Verstand. Wahrscheinlich wollten sie das ankommende Schiff mit lautstarkem Krach empfangen. Er bekam Seitenstechen, das Laufen war ihm ziemlich ungewohnt und er verfiel wieder ins Gehen. Fast eine Stunde später erreichte er das Meer. Sie mussten ohne ihn los sein. So ein Pech! Müde und erschöpft ließ sich Karl in den Sand fallen und sehr schnell war er eingeschlafen. Die Sonne weckte ihn. Er richtete sich auf und sah das herrliche Meer vor sich.

Die Schaumkronen tanzten weiß und er wurde geblendet von dem Glitzern. Er stand auf, klopfte sich den Sand von der Uniform und drehte sich um. Seine Knie wurden weich. Da lagen seine elf Kameraden in ihrem eigenen Blut.

Töte einen und du bist ein Mörder!
Töte tausende und du bist ein Held!

Quelle: aus Indien

127

Tanz des Lebens

Die Haare flatterten im Wind, mit Anmut drehte und drehte sich Sarah Sira auf der Lichtung. Sie konnte nicht mehr aufhören, sie befand sich in einer tiefen Trance. Franco konnte seine Blicke nicht mehr von ihr lassen. Er war total fasziniert, etwas in ihm begann sich mit ihr zu drehen und entführte ihn in einen zeitlosen Zustand. Es war ihm, als fühlte er, was sie fühlte. Zumindest glaubte er das und ihm war, als schwebte er empor zu anderen Welten. Welten, die ihm bislang völlig unbekannt waren, die ihn als Mann veränderten. Er fühlte sich mit einem Mal leicht wie ein Vogel, flink wie ein Erdhörnchen, beweglich wie eine Schlange, zärtlich wie eine Katze und verschmolz mit dem Wind. Er verwandelte sich in verschiedenste Wesen und Zustände, in einer derart schnellen Weise, dass er Mühe hatte, diese Veränderungen mit seinem Geist zu benennen. Endlos wechselte er die Gestalten und Gefühle, während er reglos auf das sich total verlierende Mädchen vor ihm sah.

Dann sah er sie fallen. Nein, sie glitt langsam wie in Zeitlupe zu Boden und all sein Gefühlschaos begann in sich zusammen zu stürzen und Franco fand sich atemlos auf dem moosbedeckten Waldboden. Verstört sammelte er sich langsam wieder, begriff nicht, was geschehen war, was mit ihm geschehen war. Sein Blick lag auf der Gestalt, wenige Meter vor ihm. Aber noch immer war er gefangen, jetzt in seinem Körper, der ihm keine einzige Bewegung erlaubte. Sein Verstand erwachte nur mühsam, unendlich langsam begriff er, dass er hier lag und seine Angebetete dort und spürte eine Lähmung in allem, was ihn ausmachte.

Nur eine kleine Bewegung nahm er in sich wahr, ganz hinten in seinem Gewahrsein und es war wie ein Sog, hin zu dem Mädchen. Das Ziehen nahm an Stärke zu und ermöglichte Franco zuerst sehr zart den einen Muskel, dann den anderen zu bewegen, bis es ihm schließlich gelang, sich zu erheben und sich bedächtig dem am Boden liegenden Wesen zu nähern. Als er endlich vor ihr stand und fähig war, sich über sie zu beugen, überkam ihn plötzlich eine ungeheure Angst. Ob sie lebte? Vorsichtig näherte er sich ihrer Brust, um ihren Herzschlag zu hören. Gottseidank, fuhr es Franco durch Kopf und Herz und er beruhigte sich wieder. Er wusste nicht, was zu tun war und fragte sich, ob sie wohl schlief oder ohnmächtig war. Eine tiefe Scheu ergriff ihn, die ihn daran hinderte sie zu berühren oder anzusprechen. So beobachtete er sie nur, wie sie so da lag, scheinbar im tiefen Schlaf und gleichzeitig fühlte er noch einmal all die Stationen seiner eigenen Gefühle und Verwandlungen voller Staunen.

Mit einem Mal wurde ihm klar, dass er in dieser ansteckenden Trance, sozusagen durch sämtliche Zustände der Wesen auf diesem Erdenball, samt Flora und Fauna und Elemente gereist war. In ihm war alles eins geworden und er spürte die Liebe zu diesem Wesen vor sich. Er liebte mit einem Mal diese Welt mit all ihren Facetten und Eigenheiten. Er fühlte sich reich, unendlich reich.

Arbeite, als würdest du das Geld nicht brauchen.

Liebe, als hätte dich nie jemand verletzt.

Tanze, als würde niemand zusehen.

Singe, als würde niemand zuhören.

Lebe, als wäre der Himmel auf Erden.

(Mark Twain)

Weitere schöne Kurzgeschichten und
Erzählungen unter:

http://www.hilger-geschichten.jimdo.com

Sowie:

„Die Angst des Apfels vor dem Fall"
Metapher- und Impulsgeschichten

„Mit den Augen der Liebe"
Variationen zum Thema Liebe
Kurzgeschichten

„Der geheimnisvolle See"
Mystische Geschichten

Ein Kinderbuch:

„Honolulu liegt in Bayern"
Geschichten zum Einfühlen, Mitfühlen
und Nachdenken